틴송

featuring 레드 제플린

틴송 featuring 레드 제플린

지은이 | 클로딘 데마르토 옮긴이 | 이주희
펴낸이 | 김언호 펴낸곳 | (주)도서출판 한길사
등록 | 1976년 12월 24일 제74호
주소 | 413-120 경기도 파주시 광인사길 37
홈페이지 | www.hangilsa.co.kr 블로그 | hangilsa.tistory.com
전자우편 | island@hangilsa.co.kr
전화 | 031-955-2012 팩스 | 031-955-2089

1판 1쇄 펴낸날 2014년 8월 30일

값 12,500원
ISBN 978-89-356-6529-7 03860

● 잘못 만들어진 책은 구입하신 서점에서 바꿔드립니다.
● 이 도서의 국립중앙도서관 출판시도서목록(CIP)은 서지정보유통지원시스템 홈페이지(seoji.nl.go.kr)와
  국가자료 공동목록시스템(www.nl.go.kr/kolisnet)에서 이용하실 수 있습니다.
  (CIP제어번호: CIP2014024541)

CHANGPO design group 031.955.2082

TEEN SONG

featuring 레드 제플린

클로딘 데마르토 지음 | 이주희 옮김

아일랜드

잔과 뤼시를 위하여

자, 이 종이는 이제 순결하지 않다.

이 노트는 우리 이모의 선물이다. 첫 글자 쓰기가 겁난다. 첫 문장과 첫 그림을 망치는 것이 두렵다. 게다가 이건 페이지를 뜯어내면 망가지는 노트다. 망친 페이지를 뜯어내면 다른 페이지까지 같이 찢어지는데, 그게 하필 마음에 드는 그림이 그려진 페이지다. 어쩌면 인생도 마찬가지 아닐까. 망친 순간들만 뜯어낼 수 없다는 점에서 말이다.

아무튼 이 노트에는 내 삶의 한 순간이 기록될 것이다. 일부러 일기라고 하지 않았다. 비밀 일기라고 부르기는 더 싫다(이런 표현을 좋아하지 않는다. 왠지 여성 청결제 광고가 떠오르기 때문이다). 중학교 일과를 시시콜콜 적을 생각도 없다. 그런 건 재미없다. 늘 그게 그거니까. 시시한 이야기에는 관심 없다.

나는 이 노트를 형편없는 그림으로 더럽혀도 상관없다. 아무에게도 보여주지 않을 셈이다. 어쩌면 알리스에게는 보여줄지도 모르겠다. 제일 친한 친구니까. 알리스는 커트 코베인(미국 밴드 너바나의 보컬—옮긴이)의 팬이다. 다행이랄까 커트 코베인은 1994년 4월 5일에 죽었다(그때 나는 겨우 1살이었다). 이미 죽어 버린 시체의 팬도 슬프긴 하겠지만 살아 있는 시체의 팬만큼 절망적이지는 않을 거다. 젊어서 죽은 커트 코베인은 27살의 아름다운 모습으로, 그리고 저주받은 예술가의 이미지로 영원히 남을 거다.

또 망쳤음

망쳤음

　나는 레드 제플린의 팬이다. 로버트 플랜트와 지미 페이지는 진짜 섹시하다. 예전에는 말이다. 나도 안심하고 로버트 플랜트에 대해 환상을 품을 수 있으면 좋겠다. 딱 붙는 나팔 청바지에 웃통을 드러내고 고음을 내지르며 갈기 같은 금발을 흔들어대는 섹시 스타의 모습 위로, 삐죽삐죽한 턱수염에 올챙이배가 불룩한 주름투성이 할아버지가 겹칠 걱정 없이 말이다.

지금의 지미 페이지

예전의 지미 페이지

지금의 로버트 플랜트

예전의 로버트 플랜트

지미 페이지도 마찬가지다. 믹 재거(영국 밴드 롤링 스톤스의 보컬―옮긴이)와 데이비드 보위(영국의 록 가수―옮긴이)도 그렇다. 1970년대라는 난잡한 축제에서 살아남은 가수들은 다 그렇다. 사람들은 그들의 예전 모습과 예전 음악을 사랑한다. 멀쩡하게 살아 있는데도 벌써 죽은 사람 취급하며 떠받든다. 그들의 삶은 빛이 바래기 시작한 어느 순간에 멈춰버렸고, 지금은 마치 유령이 옛날을 회상하는 것처럼 보인다. 백발의 지미 페이지는 유령 같다. 물론 아름다운 유령이지만. 과거의 모습으로 사랑받는 건 무척 괴로울 거다. 그렇지만 아무에게도 관심받지 못하는 거지 같은 삶보다야 훨씬 낫겠지.

나는 솔직히 두렵다. 아무에게도 관심받지 못하는 거지 같은 삶이.

음악 없이는 살 수 없다. 음악이 없으면 기름 떨어진 스쿠터처럼 가까스로 돌아다닌다. 누가 내 아이팟과 미니 스피커를 빼앗으면 나는 아마 미친개처럼 달려들 거다. 음악이 모든 걸 견디게 해준다. 부모님(새아버지 포함), 선생님들, 못 돼먹은 계집애들, 찌질한 남자애들…… 그리고 나 자신까지.

나는 내 얼굴이 마음에 안 든다. 너무 달걀 같다. 코가 너무 길고 인중에는 잔털도 살짝 났다. 머리카락은 너무 뻣뻣하다. 생리할 때는 이마에 여드름이 나고 심하면 코까지 번진다. 최악은 표준보다 10cm나 짧은 다리다.

자화상을 그리는 건 어렵다. 나는 내 얼굴을 잘 못 그린다. 매번 너무 못생기게 혹은 너무 예쁘게 그려진다.

그냥 이렇게 그려야겠다.

좋아, 됐다.

난 영국이나 미국 밴드의 음악이 좋다. 프랑스 밴드는 별로다. 학교에서 지긋지긋한 하루를 마치고 집으로 돌아올 때에는 강렬한 음악으로 방전된 배터리를 충전해야 한다.

기운을 완전히 회복시켜주는 노래는 '이미그런트 송Immigrant Song'이다(물론 레드 제플린의 곡이다). 수천 번을 들어도 매번 효과가 있다. 가사는 한마디도 못 알아듣지만 상관없다. 야성의 힘이 불끈 솟는 확실한 에너지원이다. '이미그런트 송Immigrant Song'을 꽝꽝 틀어놓고 로버트 플랜트처럼 울부짖으면(진짜 울부짖는 건 아니고 속으로 외친다) 천하무적이 된다. 헐크나 〈와호장룡〉의 무사, 어떤 때는 〈킬 빌〉의 우마 서먼처럼 말이다.

걸핏하면 방문이 벌컥 열리고 엄마 얼굴이 불쑥 들어와 소리를
지른다. 음악 때문에 아무것도 들리지 않지만 무슨 소리인지 안다.

뭐, 귀는 먹어도 꽉 막힌 사람은 되지 않을 거다. 우리 부모님이
야말로 꽉 막혀서는 일만 하고 텔레비전이나 볼 뿐이다. 책도 읽지
않고 영화관에도 가지 않고 음악도 듣지 않는다. 또 툭하면 화를
낸다. 그렇게 늙어간다.

그게 꽉 막힌 나의 미래가 아니길…….

우리 반에는 남자가 여덟 명 있다. 여자는 스물세 명인데 말이다. 그리고 그 여덟 중 다섯은 찌질이다.

　내가 미녀는 아니지만 그렇다고 찌질이로 만족하라는 법은 없다. 안타깝게도 내 또래 남자애들은 대개 찌질하다. 게다가 징그럽다.

　남자애들은 게임 이야기밖에 하지 않는다. 이를 닦는 것보다 자주 마스터베이션을 할 게 틀림없다. 아마 하고 나서 손도 닦지 않겠지. 걔네들 키보드에 묻어 있는 게 뭔지는 절대 알고 싶지 않다.

　여덟 명 중에 그나마 그럭저럭 괜찮은 애 하나와 잘생긴 애 둘이 있다. 그리고 발정기의 하이에나처럼 잔뜩 신경을 곤두세우고 걔들 주변을 맴도는 극성팬이 스물셋 있다. 말할 것도 없이 잘생긴 애 둘은 왕자병 말기다. 어찌나 으스대는지 못나 보일 지경이다. 게다가 콜드플레이(영국의 밴드—옮긴이)나 일렉트로니카같이 밥

찌질이 구별법

맛 없는 노래나 듣고 다닌다.

평범한 남자애들 수준이란 이 모양이다. 사막이 따로 없다. 여기서 로버트 플랜트의 클론을 만날 가망이란 제로다.

나는 중학교 3학년으로 이 수도원에 3년째 다니고 있다. 부모님이 무신론자라 교리문답 수업은 듣지 않아도 된다(하느님 감사합니다). 필수 종교 과목 시간에 자기네 신앙으로 우리를 조금이라도 세뇌해보려고 애쓰지만 헛수고다. 다들 그 꽉 막힌 신앙에 관심도 없다. 아이들의 90퍼센트는 100퍼센트에 가까운 대학입학자격시험 합격률 때문에 이 학교에 들어온 것이다. 사립학교에 다니는 것이 딱히 자랑스럽지는 않다. 그냥 다닐 뿐이다. 짜증 나는 것은 사립학교라면 치를 떠는 사람들이다. 초등학교 때는 교육우선지구학교(가정 형편이 어려운 학생들의 비율이 높아 특별교육 프로그램이 운영되는 학교—옮긴이)에 다녔다. 거기에서라고 날마다 즐거웠던 것은 아니다. 운동장을 점령하고 제멋대로 날뛰는 꼬마 일진들을 참아야 했다. 공립학교에 진학한 초등학교 동창들을 가끔 마주치면 나에게 인사하기는커녕 신종 플루 환자 보듯 쳐다본다. 거지 같다. 그런 일이 있고 나면 학교가 더욱 싫어진다.

애초에 교육 수준 때문에 이 학교를 결정한 것은 엄마다. 내가 욕 먹을 이유가 없는 것이다. 젠장.

이 학교에 양아치라고는 그림자도 비치지 않는다. 선발된 아이들이니까. 유치한 장난을 치거나 약한 애를 괴롭히는 녀석, 수업 중에 MP3를 듣는 걸로 튀어보려는 녀석도 없다.

당연히 여자애들을 겁주는 못된 남자애들도 없다. 그 점은 학생 주임인 카포렐이 보장한다. 학생주임은 160cm 정도의 키에 70kg 은 나갈 심술덩어리에다 특히 어린 여자애들을 싫어한다. 로버트 플랜트처럼 오르가슴을 흉내 내는 것이 아니라 듣는 사람을 고문하려 악을 쓴다. 사립학교의 나쁜 점은 빡빡하기 이를 데 없는 규율이다. 대충 적당히 넘어가는 법이 없다. 학교가 바라는 것은 대학입학자격시험 합격률 100퍼센트를 보장해줄 얌전한 범생이들이다. 복도에서 조금만 크게 웃어도 카포렐이 떽떽거린다. 우리가 토요일 오전 내내 반성실에 갇혀야 겨우 얌전해질 히스테리 환자들에다 개교 이래 최고로 골치 아프고 말 안 듣는 학생들이라고 했다. 할 수만 있다면 카포렐을 우범지대 고등학교에 무턱대고 떨어뜨려 연수라도 보내고 싶다. 그럼 '말 안 듣는 학생'의 개념을 다시 생각할 텐데.

알리스가 있어서 다행이다. 알리스는 재미있다. 중학교 1학년 때 프랑스어 선생님이 수업 시간에 들을 테니 각자 좋아하는 음악을 가져오라고 했다. 대부분이 밀렌 파머나 셀린 디온처럼 시시한 거였고, 영화 〈코러스〉 OST를 가져와서 우리를 고문하는 아첨꾼까지 있었다. 알리스는 롤링 스톤스의 '심퍼시 포 더 데블Sympathy For The Devil'을 들고 왔다. 선생님은 눈살을 찌푸리고 조그만 금십자가 목걸이를 만지작거리며 알리스를 잡아죽일 듯이 노려봤다. 그러면서 알리스에게 가사의 의미를 알기나 하느냐고 물었다. 알리스는 가사는 모르지만 곡 자체를 좋아한다고 대답했다. 그러고 나서 정

말 아무것도 모른다는 듯이 눈을 크게 뜨고 지나치게 빤히 쳐다보는 바람에, 선생님은 알리스가 장난을 치는 것이 아닌가 의심했다. 알리스는 지나치게 간이 크다. 나는 그런 짓을 할 배짱이 없었다. 나는 비틀스의 '컴 투게더Come Together'를 가져갔다. 그때는 아직 레드 제플린을 몰랐다. 그날부터 알리스와 친해져서 지금은 자매나 다름없는 사이다. 온종일 붙어 다니고, 저녁마다 통화를 하고, 밤마다 채팅을 한다. 나는 알리스를 좋아한다. 아니, 그 이상으로 사랑한다.

반대로 학교는 좋아하지 않고, 좋아한 적도 없다. 공립이든 사립이든 말이다.

지난여름 처음으로 데이트를 했다. 피서지에서 파리로 돌아오기 사흘 전에 만난 남자애였다. 걔는 17살, 나는 15살이었고, 그쪽에서 먼저 키스했다. 나는 안심했다. 내 또래 남자아이들과 몇 시간 동안 부모님 얘기나 학교 얘기, 아니면 비가 오네, 날이 맑네 따위의 시시한 대화나 나누다가 이런 말을 듣게 될 수도 있기 때문이다.

그것보다는 제발 장난감 가게에서 가짜 혀라도 사다 키스하는 연습이라도 했으면 좋겠다. 팬티 속 물건은 아예 쪼그라들었는지 아무것도 없는 것 같다! 속으로는 겁이 나서 죽을 지경이겠지. 내 또래 남자애들에게는 아무것도 기대하면 안 된다.

그 애 이름은 토마였다. 당시에는 귀엽게 보였고, 심지어 그 정도면 잘생긴 것 같다고 생각했다.

어쨌든 토마의 키스는 시시했다. 하지만 나를 두 팔로 꼭 껴안아 준 건 마음에 들었다. 바로 그날 저녁에 나한테 'ㅅㄹㅎ'로 끝나는 상냥한 문자를 보냈다. 그 문자를 보자 얼굴이 새빨개지고 온몸이 찌릿찌릿한 게 기분이 좋았다. 이튿날 토마가 부모님과 함께 일주일 동안 여행을 떠나는 바람에 서운했다. 여름휴가를 엄마와 새아버지, 3살짜리 남동생과 함께 따분하게 보낸 뒤라 더욱 그랬다.

토마에게 문자를 또 하나 받았다.

"자기야, 사랑해."

'ㅅㄹㅎ'에서 완전한 '사랑해'로 발전하자 마치 토마에게 청혼이라도 받은 것 같은 기분이 들었다. 토마는 몇 *km* 밖에서 '자기', '사랑해', '보고 싶어' 어쩌고저쩌고 하는 끈적끈적한 문자를 보냈을 뿐인데. 나는 파리에서 토마를 두 번 더 만났다. 그런 뒤 토마는 채팅에 시들해졌고, 내가 만날 수 있느냐고 물었을 때 "넘 바빠"라는 답을 끝으로 문자를 보내지 않았다. 머저리 같은 놈. 치사한 자식. 앞으로는 처음 만난 날 저녁부터 'ㅅㄹㅎ'를 날리는 등신들을 조심해야겠다. 어쩌면 상황별로 써먹기 좋은 문자들을 저장해 두었을지도 모른다. 저녁에는 'ㅅㄹㅎ 우리 자기 좋은 꿈꿔', 아침에는 '우리 예쁜이 잘 잤어? 난 자기 꿈꿨어' 같은 것 말이다.

찌질이 토마는 자기 자신을 제일 사랑했던 것 같다. 틀림없이 지금까지 키스한 여자애들의 수를 세고 있겠지. 나는 그 숫자를 늘려주었을 뿐이다. 사실 토마는 지저분하게 생겼다. 지금 기억으로는 토마가 이렇게 생겼던 것 같다.

그래도 결국 이 사건 덕분에 소득도 있었다. 토마의 아이팟에 레드 제플린의 노래 몇 곡이 들어 있었던 것이다. 한번은 토마가 내 귀에 자기 헤드폰을 씌워주었고, 우리는 '신스 아이브 빈 러빙 유 Since I've Been Loving You'를 들으며 키스했다(이것도 덜떨어진 여자애들을 꼬시는 작업 기술이겠지. 헤드폰과 축축 늘어지는 러브 송 공격 말이다).

어쨌거나 이 공격은 제법 효과가 있다. 침이 흥건한 토마의 두툼한 혀 때문이 아니라 로버트 플랜트 덕분이다. 로버트 플랜트의 목소리는 세상에서 최고로 섹시하다. 로버트가 샤우팅을 하면 온몸의 털이 곤두선다. 싫어해야 마땅한 노래지만 나는 이 노래와 로버트를 사랑한다. 토마를 미워하는 만큼.

노래 몇 곡을 다운로드 받은 뒤 레드 제플린 3집을 샀다. 나는 좋아하는 곡만 반복해서 듣는 나쁜 버릇이 있는데도(그래서 엄마가 화를 낸다), 3집 전곡을 들었고 그날부로 레드 제플린의 팬이 되었다. 노래들이 이어지면서 고막과 심장을 마구 때린다. 끝내주는 소음과 어쿠스틱 기타로 연주하는 포크 발라드가 완벽한 조화를 이룬다. 한 곡 한 곡이 경이롭다. 레드 제플린은 절대 대중이 예측하는 지점에 머무르지 않는다. 정말 강렬하고 가치 있는 앨범이다.

나는 프린스(미국의 가수—옮긴이)의 〈러브 섹시Love Sexy〉 CD도 가지고 있는데, 한 곡도 건너뛸 수 없다. 모든 곡이 하나의 트랙으로 연결되어 있기 때문이다. 그런 의미에서 이 음반은 나눌 수 없는 하나의 작품이라고 말한다. 프린스를 숭배한다. 그는 위대한 아티스트다. 하지만 프린스도 스스로에 대한 사랑이 좀 지나친 것 같다.

다운로드는 멍청한 짓이다. 불법 운운하려는 것이 아니다. 다운 받는 사람은 온갖 곳에서 음악을 받는다. 그렇게 모은 곡들을 들으며 지구상의 모든 록 밴드를 알게 된다. 사실 몇 마디만 나눠보면 그런 사람들도 롤링 스톤스의 '새티스팩션Satisfaction'과 비틀스의 '헤이 주드Hey Jude', 그리고 레드 제플린의 '스테어웨이 투 헤븐 Stairway To Heaven'을 듣는다는 것을 알 수 있다. 하지만 그게 다다. 아이팟 재생 리스트를 살펴보면 잡다한 히트 곡 짜깁기일 뿐 제대로 된 앨범은 한 장도 없다. 어떤 음악가를 좋아한다면 반드시 CD를 사야 한다. 레드 제플린이 다운로드의 시대에 등장했다면 절대로 과거와 같은 레드 제플린은 되지 못했을 거다. 하지만 그 뒤로 아무도 필적하지 못했으니 현재의 영원한 레드 제플린이 되었다. 레드 제플린은 역사상 가장 위대한 록 밴드다.

이번 주말에는 아빠 집에 간다. 엄마 아빠는 내가 11살 때 이혼했다. 이혼하기 전, 엄마는 일을 많이 했고 걸핏하면 화를 냈다(지금도 그렇다). 아빠도 바빴지만 말수는 적었고 엄마가 잔소리를 퍼부으면 못 들은 척했다. 그러다 결국 성깔 있는 여자와 사는 데 질렸는지, 속마음을 드러내기 시작했다. 그래서 어이없는 말다툼들이 벌어졌다.

나는 겁이 나서 내 방에 틀어박힌 채 에이브릴 라빈(캐나다의 가수―옮긴이)을 들으며 울었다. 에이브릴 라빈은 거지 같다. 젠장, 그때 난 겨우 11살이었다니까.

부모님이 이혼하기 직전의 여름은 절대 잊을 수가 없다. 진짜 거지 같은 휴가였다. 날씨도 거지 같았다. 휴가지는 이외 섬이었다. 엄마는 고물딱지 가구가 놓인 우중충한 집을 빌렸고 아빠는 일이 밀렸다면서 오지 않았다. 엄마는 전화기에 대고 화내고, 슈퍼마켓에서 카트를 밀며 화내고, 바닷가에서 헐렁한 줄무늬 티셔츠를 입으며 화를 냈다. 그건 나름 재미있었다. 그러다 엄마가 아빠에게 이상한 문자를 받았다. 8월 15일(성모승천대축일. 프랑스의 공휴일이다―옮긴이)이 있는 주말을 함께 보내고 싶다는 내용이었다. 엄마가 문자에 대해 꼬치꼬치 캐묻자 아빠는 바보같이 문자를 보내면서 번호를 잘못 눌렀다고 말해버렸다. 엄마가 아니라 다른 여자에게 보내는 문자였던 거다. 엄마는 그 꽃뱀 같은 여자에 대해 질문을 퍼부었다. 그 여자 이름은 마르졸렌이었고, 엄마보다 15살이나 어렸다. 마르졸렌이라니, 이름부터 창녀 같다. 하필 휴가 중에 그런 사건이 터지다니 재수도 없지. 나는 그 모든 걸 VIP석에서 관람한 셈이다. 죄다 보고 들었다. 내가 근처에 있으면 엄마 아빠는 목소리를 낮추려고 애썼지만 거지 같은 판잣집은 벽이 얇았다.

얼마나 괴로웠는지 말로는 표현할 수 없을 정도다. 정말 죽을 만큼 괴로웠다. 아빠가 죽도록 미웠다. 엄마도 죽도록 미웠다.

아빠는 정말 사고 한번 제대로 친 셈이다. 그깟 휴대전화 하나

똑바로 쓸 줄 모른다니! 꼰대들이란 진짜 할 줄 아는 게 없다. 입을 헤벌린 채 문자를 쓰고 있는 꼴을 보고 있자면 불쌍할 지경이다.

지금은 엄마와 새아버지, 그리고 3살배기 남동생과 함께 산다. 새아버지는 답답한 사람이다. 나한테 권위를 내세울 때는 왕재수다. 쿨한 척하는 건 더 짜증 난다. 하지만 남동생이 생긴 것은 좋다. 내가 CD를 크게 틀어놓으면 신이 나서 기저귀를 찬 통통한 엉덩이를 씰룩이며 뒤뚱뒤뚱 내 방에 들어오는데 완전 귀엽다.

이제 격주로 주말마다 아빠 집에 가고, 이따금씩 함께 연휴를 보내기도 한다. 창녀 같은 마르졸렌과 아빠는 오래가지 못했다. 만약 내가 그 여자와 마주치기라도 했다면 목을 비틀어버렸을 테니 다행이다. 아빠는 이제 이 여자 저 여자와 데이트를 하고 있는데, 그 상태가 좀 오래가고 있다. 아빠는 나를 자주 보지 못해 슬퍼한다. 불쌍한 아빠. 여자들은 진짜 성가시니 혼자 살기로 한 건 현명한 선택이에요. 하지만 아빠 혼자 더러운 양말이 널브러진 아파트에서 튜닝도 안 된 기타나 끼고 사는 것은 싫어요.

아빠는 기타를 친다. 지미 페이지처럼 치는 건 아니다. 늘 같은 곡을 엉터리로 연주하는데 듣고 있노라면 머리가 깨질 것 같다. 솔직히 끔찍하다. 평소 음악을 무지 크게 듣는 편인데도 그렇다. 아빠가 직접 작곡했다는 조잡한 곡들은 도저히 참아줄 수 없다. 가끔은 노래까지 부른다. 진짜 고문이다. 우리 둘이 소파에 앉아 있는 사진 속에서 아빠는 기타를 치고 나는 코르크 마개로 귀를 막고 있다. 기타 외에도 재즈를 좋아하는 아빠는 에디 해리스(미국의 재즈 색소폰 연주자―옮긴이)라는 음악가를 굉장히 좋아해서 그 사람 음반을 전부 모았다. 지루하기 짝이 없다. 사람마다 취향이 다르니까……. 아빠는 레드 제플린을 좋아하지 않는다.

아빠는 나에게 잘해주고 성적에 대해선 별로 묻지 않는다. 레스토랑이며 영화관에 데려가주고 늘 이것저것 사준다. 옷이나 CD 등등……, 그럴 땐 신 나지만 가끔 지루할 때도 있다. 2주 만에 아빠를 만나지만 알리스와 수다나 떨고 싶어서 미안한 마음도 든다. 하지만 아빠는 나와 함께 있는 것만으로도 만족한다. 아빠는 말수가 적은 편이고 나도 마찬가지라 서로 조금 거북하다. 아빠는 너무 차분하다. 그리고 엄마는 너무 쉽게 흥분한다. 엄마 아빠가 함께 살 때는 균형이 맞았는데.

아빠를 사랑하지만 솔직히 같이 살기에는 엄마가 더 좋다. 귀찮게 굴긴 하지만 살림은 확실히 하기 때문이다. 성적에 대해서도 그냥 넘어가는 법이 없지만 뭐, 어쩌겠어. 그게 엄마들 일인데.

아빠와 레코드 가게에 갔다가, 레드 제플린 콘서트 실황 영상이 여러 편 들어 있는 DVD 박스 세트를 선물받았다. 그 자리에서 당장 틀어보고 싶은 걸 꾹 참고 집으로 돌아와 포테이토칩과 콜라를 챙겨서 소파에 널브러졌다. 내가 좋아하는 밴드의 콘서트를 아빠와 함께 보게 되어 기뻤다. 하지만 아빠는 하품을 하기 시작하더니 30분 뒤에 잠들어버렸다. 입을 쩍 벌리고 드르렁드르렁 코까지 고는 바람에 할 수 없이 소리를 키워야 했다.

레드 제플린 콘서트 영상 중 짧은 것들은 유튜브에서 이미 봤다. 그것도 그것대로 좋았지만, DVD로 보는 건 완전 끝내줬다. 나는 DVD 두 장을 보너스 영상까지 전부 보았다. 1970년 로열 앨버트 홀에서 녹화된 콘서트는 열광의 도가니였지만 레드 제플린의 옷차림이 별로였다. 지미 페이지는 꽉 끼는 모직 조끼를 입었는데 완전 꼴불견이다. 반대로 1969년 덴마크 TV 녹화 방송에서는(이때가 데뷔 무대였다) 지나치게 세련된 차림이다. 로버트는 검정 벨벳,

지미는 하얀 벨벳을 입었다. 존 폴 존스는 천사같이 순수한 얼굴을 하고 있고, 존 본햄은 미친 듯이 드럼을 두들겼다. '데이즈드 앤드 컨퓨즈드Dazed And Confused'를 부를 때, 지미 페이지는 활로 기타를 켜 흐느끼게 만들었고 로버트는 신음 소리로 답했다. 그때 로버트는 21살이었고 지독하게 잘생겼다.

같은 해에 녹화한 TV 영상이 하나 더 있는데, 프랑스 방송 〈무대의 모든 것〉이다. 마음껏 날뛰는 레드 제플린 멤버 넷을 앞에 두고 촌뜨기와 할머니 관객 들이 어쩔 줄 모르고 뻣뻣하게 굳어 있다. 계단에는 구세군 악단이 순서를 기다리고 있다. 자기들이 운 좋게 보고 있는 무대가 어떤 것인지 전혀 모르는 멍청이들이다. 그 자리에 내가 있었더라면 무대로 뛰어들지 못하도록 묶어두어야 했을 텐데. 정말이지 프랑스의 수치다. 이때 이후로 레드 제플린은 텔레비전 출연을 하지 않기로 결정했다.

1973년 매디슨 스퀘어 가든 콘서트에서는 명백히 슈퍼스타가 되어 있다. 군중들이 열광한다. 로버트 플랜트는 짧고 꽉 끼는 셔츠를 풀어헤치고 상반신을 드러낸 채 딱 붙는 나팔 청바지를 입고 덥수룩한 금발 머리를 하고 굉장한 목소리를 낸다. 지미는 수놓인 검정색 양복을 입고 아름답게 반짝인다. 신들린 기타 독주 중에 드러난 상반신이 땀으로 젖어 있다. 레드 제플린의 섹시함은 절정이었다. 존 본햄은 압도적인 드럼을 보여주지만 초기에 비하면 벌써 겉멋이 좀 들었다. 베이시스트 존 폴 존스는 더욱 눈길을 피한다. 카메라가 존스에게 오래 머물지 않아 아쉽다. 존 폴 존스도 아주

1969년 덴마크 TV 녹화 방송에서
'데이즈드 앤드 컨퓨스드'를 부르는 로버트와 지미

멋진데.

1975년 얼스 코트 콘서트에서는 어쿠스틱 기타로 연달아 세 곡을 연주하는데 표현력이 끝내준다. 어느 순간인가 로버트가 카메라를 향해 완전 황홀하게 살짝 웃는데, 나에게 웃어주는 것만 같아서 자꾸만 돌려 보게 된다. 지미는 용을 수놓은 양복을 입었는데 진짜 멋지다. 축복 그 자체다.

그 시절에 레드 제플린을 직접 봤다면 얼마나 좋았을까. 레드 제플린은 작년에 재결합해서 런던에서 콘서트를 열었다. 2만 석 규모의 공연장에 2천만 명의 팬이 몰려들었다. 그때만 해도 나는 겨우 '스테어웨이 투 헤븐Stairway To Heaven'을 아는 정도였다. 지금은 그때라도 보러 갔으면 좋았겠다는 생각이 들지만 어쨌든 그것도 이미 죽은 밴드의 공연이었다. 그 뒤로 별별 소문이 다 떠돌았지만 더 이상의 공연은 없었다.

요즘 밴드에도 관심을 가지려고 애써봤지만 아무래도 다르다. 요즘 밴드들의 음악은 도무지 흥분되지 않는다. 완전 지루하고 매력 없다. 사람을 피곤하게 만드는 곡들만 넘쳐난다. 일주일 동안 마음먹고 요즘 밴드들의 노래를 반복해 듣고 나서 내린 결정이다. 악틱 멍키스(영국의 밴드—옮긴이)는 한 달 정도 듣다가 이제는 버렸다.

내가 좋아하는 요새 가수는 데이먼 알반(영국 밴드 블러의 보컬—옮긴이)뿐이다(그래도 레드 제플린만큼은 아니다).

프란츠 퍼디난드(스코틀랜드의 밴드—옮긴이)는 아주 말쑥한데 완전 못생겼다. 아케이드 파이어(캐나다의 밴드―옮긴이)는 바이올린 때문에 머리가 깨질 것 같다. 텔레비전에서 녹화 방송을 본 적이 있는데 CD와 완전히 똑같았다. 거의 음표 하나까지 말이다. 레드 제플린은 관객 앞에서 절대로 같은 음악을 두 번 연주한 적이 없다. 매일 저녁 즉흥적으로 연주하고 그때마다 곡에 살을 붙인다.

피트 도허티(영국 밴드 베이비 섐블즈의 보컬―옮긴이)는 음정도 불안하고 노래 부를 음색도 아니다. 이 문제로 도허티를 좋아하는 친구들과 말다툼을 벌이곤 하지만 걔들이 뭐라 하든 상관없다. 걔네들은 무대에 선 도허티를 보지도 못했다. 도허티는 두 번에 한 번은 공연을 취소한다.

사람들은 롤링 스톤스, 비틀스, 데이비드 보위, 레드 제플린 같은 거인들의 뒤를 이을 록의 거장을 찾고 있다.

하지만 아직까지 하나도 찾지 못했다.

기타를 치면 여자들과 쉽게 잘 수 있어요.

지미 페이지는 13살 무렵 기타 치는 법을 배웠다. 엘비스 프레슬리의 노래 '베이비 레츠 플레이 하우스Baby Let's Play House'를 듣고 기타에 대한 열정이 생겼다고 한다. 지미는 자신의 모든 것이 그 곡에서 시작되었다고 했다. 그리고 블루스 독주를 미친 듯이 따라 하기 시작해, 16살에는 이미 신들린 듯이 연주할 수 있게 되었다. 나도 16살인데 케케묵은 짧은 리코더 곡조차 아주 결딴을 낸다. 노래는 음치에 수학은 빵점이고, 나중에 무슨 일을 하고 싶은지도 모르겠다. 내가 좋아하는 것은 음악 듣기와 그림 그리기다. 언제부터인지는 모르겠지만 날마다 그림을 그리고 낙서를 한다. 하지만 낙서는 제대로 된 직업이 아니다.

솔직히 그럴 듯한 직업은 갖고 싶지 않다. 의사나 컴퓨터 프로그래머, 화학자, 변호사나 약사, 상인 따위 말이다. 그래서 고민이다.

장래 희망으로 기자나 배우 같은 직업을 댈 때마다 엄마는 찬물을 끼얹었다. 배우는 불규칙한 실업 상태를 점잖게 표현하는 말이란다. 그러면서 언론 역시 심각한 위기에 빠져 있다나 뭐라나. 요새는 실업, 인플레이션, 불황, 위기, 이런 말들밖에 들리지 않는다. 구매력 위기, 서브프라임 위기, 부동산 위기, 도시 빈민층 위기, 석유 위기, 기후 위기. 위기, 위기, 위기. 위기는 어디에나 있다.

어제부터 주가가 위험하다. 큰일이다. 미국 은행들이 도산했다. 새아버지가 짜증을 내는 바람에 알게 된 사실이다. 그것 때문에 어찌나 짜증을 내던지. 사람들은 1929년의 대공황 이야기를 떠들어 대고 있다.

새아버지는 번듯한 직업을 가지고 있다. 금융계에서 일하니까 말이다. 그런데 어제는 급성 복통을 일으켰다. 콩팥에 조그만 돌멩이들이 있어서 그렇다는데, 주가가 곤두박질칠 때마다 그렇게 복통을 일으킨다. 내 생각에 새아버지는 처음부터 발을 잘못 들여놓은 것 같다.

엄마, 그거 봐요. 위기를 피할 수 있는 사람은 아무도 없어요. 번듯한 직업을 가진 사람이라고 해도 말이에요.

학교는 지겹고 알리스와 나는 따분했다. 그래서 시간을 때우려고 바보 같은 장난을 쳤다. 화장실 안에 유성 사인펜으로 낙서를 한 것이다. 우리는 남자 성기를 조그맣게 그렸다(완전 멍청한 짓이지만 속은 후련했다). 그리고 세르주 갱스부르(프랑스의 싱어송라이터─옮긴이)의 노래, '멍청한 녀석을 위한 레퀴엠Requiem Pour Un Con' 가사를 적었다(세르주, 사랑해요. 로버트와 지미만큼요).

그러고 나서 제목을 '멍청한 여자를 위한 레퀴엠'으로 바꿔 카포렐에게 바쳤다. 우리는 배를 잡고 웃었다. 웃다가 오줌까지 쌀 뻔하는 바람에 허리가 끊어지도록 더욱더 웃어댔다. 누군가 화장실 옆 칸에 들어오는 기척이 들리더니 우리가 킥킥대는 소리를 들은 모양이었다. 범생이 카롤린이었다. 우리 둘 다 걔 싫어한다.

우리 둘 다 대답하지 않았다. 가슴이 마구 뛰었다. 웃음을 꾹 참았다. 카포렐의 치사한 인간성을 욕하는 낙서를 하다 현장에서 잡히면 어떻게 될까 상상하니 끔찍했다. 이 학교에서는 이보다 훨씬 사소한 일로도 쫓겨난다. 마침내 카롤린이 나가자 알리스와 나는 벽에 바짝 붙어서 화장실을 빠져나왔다. 휴. 너무 웃겼다.

숙제를 대충대충 후딱 해치우고 느긋하게 레드 제플린에 대한 정보를 찾는다. 진짜 잘 꾸며놓은 팬 페이지들도 있다. 그중에 '피 제프'라는 곳이 대박이다. 진짜 없는 자료가 없다. 멤버 한 명 한 명에 대한 소개와 사진도 잔뜩 있고 인터뷰와 가사도 번역해놓았다. 내가 좋아하는 곡들의 가사를 읽어보았다.

'이미그런트 송Immigrant Song'의 가사는 솔직히 이상하다. 새로운 땅을 침략하러 나선 바이킹들의 노래 같다.

우리는 얼음과 눈, 온천이 솟는 백야의 땅에서 왔다.
신들의 망치가 우리 배를 새로운 땅으로 이끌어,
노래하고 울부짖으며 무리와 싸울 것이다.
발할라, 내가 왔도다!

'신들의 망치'란 북유럽 신화의 신 토르가 들고 다니는 묠니르를 말하는 것 같다. 그 마법 망치 덕분에 토르는 천하무적이다.

우리는 힘차게 노를 저어 바다로 나아간다.
우리의 목표는 서쪽 해안뿐이다.

납 비행선(레드 제플린Led Zeppelin이라는 밴드명은 납Lead으로 된 체펠린Zeppelin 비행선에서 유래했다―옮긴이)은 미국을 정복하러 서쪽으로 간다.

우리는 얼음과 눈, 온천이 솟는 백야의 땅에서 왔다.
너희의 푸른 들판은 살육의 이야기를,
우리가 전쟁의 파도를 어떻게 가라앉혔는가를
얼마나 부드럽게 속삭일 수 있는가.
우리는 너희의 지배자다.

너희의 지배자라고? 로버트, 너무 오만한 거 아니에요? 로버트는 아름다운 풍광에 반해 아일랜드에 머무르다 1970년에 이 가사를 썼다. 레드 제플린은 1968년에 결성된 뒤 1970년에는 이미 레드 제플린 1집과 2집, 두 장의 앨범을 냈고, 두 앨범 모두 영국과 미국에서 폭발적으로 팔려나갔다. 레드 제플린이 조금 우쭐해진 것도 이해가 간다.

우리는 힘차게 노를 저어 바다로 나아간다.
우리의 목표는 서쪽 해안뿐이다.
그러니 이제 너희는 저항을 멈추고
폐허를 재건하는 것이 좋으리라.
비록 패배했을지라도 평화와 신의는 승리할 수 있도록.

어휴, 됐다. 문자 그대로의 직역은 시적인 가사를 망친다. 나는 '대츠 더 웨이That's The Way'나 '탠저린Tangerine'의 가사가 더 좋다. 하지만 솔직히 좀 실망이다. 레드 제플린의 가사는 세르주 갱스부르보다 별로인 것 같다.

하지만 그것만 빼고 모든 것이 엄청나다. 레드 제플린은 록의 행성을 공격하러 나선 네 명의 과격한 천재 아티스트들이다.

우리 학교에는 부르주아가 많다. 대체로 꽤 잘사는 편이다. 대통령 선거 때 사회당의 세골렌(중도좌파 성향의 프랑스 여성 정치인—옮긴이)보다 보수당의 사르코지(프랑스의 23대 대통령—옮긴이)에게 투표하는 부류다. 엄마 아빠는 세골렌에게 투표했는데 새아버지는 사르코지 쪽이다. 그래서 선거 기간 내내 엄마와 새아버지가 심하게 싸웠다. 매우 바람직하다. 만약 해마다 선거가 있고 운만 좀 따르면 얼마 안 가 이혼할 텐데. 물론 그냥 해본 소리다. 그렇게 되면 동생이 울 텐데 그 애가 우는 모습은 보고 싶지 않다. 학교에서도 선거 때문에 툭하면 언쟁이 붙었다. 각자 자기 집에서 들은 이야기를 앵무새처럼 되풀이할 뿐이다. 나는 그런 데 별로 신경을 쓰지 않고 정치에 대해서는 아무것도 모르지만 사르코지 대통령은 싫다. 더구나 사르코지는 조니 알리데(프랑스의 록 가수—옮긴이)의 팬이다. 젊었을 때 레드 제플린을 볼 수도 있었을 텐데, 멍청하긴.

레드 제플린을 결성하기 전, 지미 페이지는 야드버즈의 기타리스트였다. 그전에는 뛰어난 세션 기타리스트로서 수많은 밴드(킹 크스, 더 후, 톰 존스, 뎀, 클리프 리처드, 미셸 폴나레프, 에디 미첼, 그리고…… 조니 알리데, 웩)와 스튜디오 녹음을 했다. 그러다 남의 앨범 작업이나 돕는 데 진저리가 났고, 조니 알리데와의 녹음에서 완전히 정나미가 떨어졌다. 조니, 고마워요. 어떻게 보면 당신 덕분에 지미 페이지가 레드 제플린을 만들었다고요!

어쨌든 우리 학교에는 부르주아가 많고, 그래서인지 다들 옷을 잘 입는다. 광적으로 유행을 따른다. 그러는 나도 옷을 아주 좋아한다. 엄마는 화를 내며(한결같기도 하지) 내 의복 구입비가 해마다 오른다고 투덜댄다. 엄마에게 미안하지만 나도 어쩔 수 없다. 잘 꾸며야 하니까. 누구나 처음에는 겉모습만으로 모든 걸 평가받는다. 처음 만났을 때 새아버지는 끔찍한 줄무늬 셔츠에 엉덩이가 코끼리처럼 커 보이는 주름 바지를 입고 있었다. 그래서 난 새아버지가 멍청하고 촌스럽다고 생각했다. 물론 지금도 그 생각은 바뀌지 않았지만.

바지나 스웨터, 티셔츠, 속옷 등 내 옷 대부분은 H&M에서 산다. 문제는 전교생이 똑같은 옷을 가지고 있다는 것이다. 그래서 뭔가 세련된 아이템이 있어야 한다. 한마디로 비싼 옷이 필요하다는 말이다. 아니면 빈티지 샵이라도 뒤져야 한다. 로버트 플랜트가 덴마크 TV 녹화 때 입었던 것과 비슷한 벨벳 재킷을 찾고 있는데 도무지 찾을 수가 없다.

어쨌든 엄마는 나한테 잔소리할 것도 아니다. 머리끝부터 발끝

내 유니폼

골반 스키니 →
(그래도 밑위가
너무 짧으면
안 된다.
그럼 앉을 때
엉덩이골이
보인다.)

흰 셔츠나
가는 줄무늬
셔츠

타이트한 조끼

컨버스 운동화

요즘은 살짝 한물갔다.

까지 비싼 상표로 휘감고 다니는 여자애들도 있는데, 뭘. 꼼뜨와 데 꼬또니에, 쟈딕 앤 볼테르, 아페세……. 그런 애들은 거의 1,000 유로어치를 몸에 걸치고 다닌다.

때로는 잘사는 집 아이들과 부대끼는 것이 지겹다. 걔네는 부모 돈

너 암내 나.

꺼져.
등신 같은 게.

I ♥ SARKO

을 과시한다. 역겨워, 구역질 나는 티셔츠나 입고 다니는 주제에.

교육우선지구 중학교에 간 친구 한 명과 계속 연락하는데 그 친구는 구경꾼처럼 학교에 와서 수업 따위는 무시하는 아이들과 부대끼는 데 질렸다고 한다. 그런 아이들은 다른 아이들한테서 돈을 뜯어내고 폭력을 휘두른다. 게다가 친구네 수학 선생님은 없어진 지 3주째라고 한다.

부유층과 빈민층. 오늘날의 학교는 이렇게 나뉜다. 내 생각에 이 상황이 금세 바뀔 것 같지는 않다.

하지만 서로 섞이는 것은 좋은 일이다.

영어로 납은 'lead'고 '레드'라고 발음한다. 레드 제플린, 납 비행선. 묘한 이름이다. 무거움과 가벼움. 지미는 자신의 밴드를 가리켜 빛과 그림자라고 설명했다. 일렉트로닉과 어쿠스틱. 덥수룩한 금발과 덥수룩한 갈색 머리. 로버트 플랜트는 로커이면서 히피다. 로버트의 목소리는 남성적이면서 여성적이다. 지미 페이지의 기타는 탱크처럼 리프를 토해내다 어떤 때는 레이스처럼 섬세한 멜로디를 연주한다.

'블랙 도그Black Dog', '록 앤드 롤Rock And Roll', '더 배틀 오브 에버모어The Battle Of Evermore', 그리고 대히트 곡, '스테어웨이 투 헤븐Stairway To Heaven'(난 '블랙 도그Black Dog'를 더 좋아한다). 레드 제플린

4집의 A면 곡 제목들이다. 어떤 사람들은 이 앨범을 레드 제플린 최고 명반으로 꼽는다. 내가 가장 좋아하는 건 3집과 4집이다. 4집 재킷에는 아무것도 쓰여 있지 않다. 앞의 세 음반에서도 이미 극단적인 실험을 했다. 밴드 사진이나 앨범명 모두 넣지 않은 것이다. 4집 재킷에서는 숫자와 밴드 이름까지 없앴다. 매우 낡은 벽지가 군데군데 벗겨진 벽에 나무 액자 하나가 걸려 있을 뿐이다. 액자 속에는 나뭇단을 지고 있는 시골 노인 그림이 있다. 그리고 CD 케이스 옆면에는 이상한 기호가 네 개 있다. 나는 인터넷에서 이 기호들에 대해 찾아보았다.

존 폴 존스의 기호는 믿음직하고 유능한 사람을 상징한다. 물, 흙, 공기, 불. 4원소가 섞여 있다.

존 본햄의 기호는 아버지, 어머니, 아이로 이루어진 가족을 나타낸다. 위에서 내려다본 드럼 세트와도 비슷하고, 본햄이 아주 좋아하던 맥주 상표 로고와도 비슷하다.

로버트 플랜트는 이집트 신화에서 마트 여신이 머리에 달고 있는 깃털이다. 이 깃털은 진리, 정의, 우주의 질서를 상징한다. 또 글도 상징한다. 로버트는 레드 제플린의 작사가이기 때문이다.

지미 페이지의 기호에 이르면 대단히 복잡해진다. 여기저기 뒤져보았지만 늘 똑같은 사이트로 되돌아올 뿐이다. 이 기호가 진짜로 무엇을 상징하는

지는 알 수 없다. 지미 페이지는 이 기호의 의미가 무엇인지 끝까지 밝히지 않았다. 로버트 플랜트에게만 알려주었다는데 로버트는 듣고서 잊어버렸다고 했다. 지미는 제롤라모 카르다노(수학자이자 철학자이며 발명가, 점성술사, 마법사였다)가 16세기에 쓴 오래된 연금술 책에서 상징들을 보고 그 기호를 만들었을 것이다. 'Z'는 토성 또는 염소자리(토성이 지배하는 별자리)를 상징하는데, 염소자리는 지미 페이지의 별자리다. 'oSo'는 연금술에서 수은을 뜻하는 기호인데, 수은 역시 토성과 관계가 있다. 이게 다 무슨 소리인지 하나도 이해할 수 없었지만, 지미 페이지가 점성술이니 오컬트 같은 것에 아주 관심이 많았단 사실은 알 수 있었다.

'오컬트'라는 게 대체 뭘까? 사전을 찾아보았다.

> **오컬트** 신비롭고 초자연적인 현상. 또는 과학이나 종교에서 인정되지 않는 힘을 쓰고 입문을 통해 전수되는 비밀스러운 교리와 술법을 뜻한다. (연금술, 점성술, 카드 점, 손금 읽는 법, 점술, 주술, 강신술, 자기(磁氣) 감지술, 마법, 텔레파시 등)

신비로운 페이지 씨.

학교가 발칵 뒤집어졌다. 카포렐이 '멍청한 여자를 위한 레퀴엠'을 발견한 것이다. 어떤 범생이나 화장실을 청소하는 아줌마가 고자질한 모양이다. 어쨌거나 보라고 써놓은 것 아니냐고? 글쎄, 그건 그렇지만……. 젠장, 아무튼 완전 잘못 걸렸다. 카포렐은 있는 대로 흥분했는데 그 모습이 꼭 공룡 같았다. 어찌나 화를 내는지 콧구멍에서 연기라도 뿜을 기세였다. 소문이 온 학교에 쫙 퍼졌고 교장이 반마다 들러 15분씩 잔소리를 늘어놓았다.

범인들은 신속히 자수해야 하며(자수하더라도 아주 엄한 벌을 받을 것이다), 그렇지 않으면 전교생이 몇 주 동안 벌을 받을 것이다. 토요일에도 학교에 나오거나 근로 봉사를 하게 될 거라나(예를 들면 복도를 쓸고 걸레질을 하는 것 말이다). 앨리스와 나는 벌벌 떨었다. 실컷 웃긴 했지만 장난 때문에 쫓겨나는 건 무서웠다.

어쩌고저쩌고····· 존경심이 없고·····
주절주절····· 모욕적인 명예훼손은·····
주절주절····· 매우 심각한 언어 폭행이고·····
어쩌고저쩌고·····

아이들은 범인을 원망했다. 가뜩이나 끔찍한 카포렐이 더욱 고약해졌기 때문이다. 평소 같으면 그냥 넘어갔을 일도 걸렸다 싶으면 닥치는 대로 반성실로 보내고 별거 아닌 일로 가정통신문에 토를 단다. 겁 없이 복도에서 웃는 학생이 있으면 행동 똑바로 하고 다니라고 으름장을 놓는다. 아마 우리에게 발깔개를 핥게 시킬 수 있었다면 거리낌 없이 핥으라고 했을 것이다.

다행히 우리는 낙서한 걸 아무한테도 말하지 않았고, 목격자도 없었다. 그렇지 않았으면 틀림없이 우리를 일러바치는 고자질쟁이가 나왔을 것이다. 몇몇 아이들은 벌써 우리일 거라고 확신하고 있다. 셀린 디온의 팬들은 혐의를 벗었다. 우리 학교에 갱스부르를 듣는 아이는 많지 않다. 게다가 카포렐이 낙서와 글씨체를 대조한답시고 노트를 죄다 걷어 갔다. 카포렐은 교도관처럼 날뛸 게 아니라 일단 좀 진정해야 한다. 고작 낙서 하난데 그걸 가지고 이 난리

라니. 별것도 아닌데 말이다. 어쨌거나 알리스와 나는 절대로 자수하지 않을 거다.

좋아. 모르는 척하자. 공룡도 저러다 말겠지.

본조　　　　　퍼시　　　　페이지　　　　존시

존 본햄은 16살 때 아버지에게 중고이긴 하지만 첫 드럼 세트를 선물받는다. 본햄은 기저귀를 떼자마자 막대기로 그릇이며 냄비를 두드려댔다.

16살 때 존 폴 존스는 자신의 첫 밴드 델타스에서 베이스를 연주한다. 존스는 7살 때 피아노를 시작했다. 솔직히 말해서 아버지는 음악가, 어머니는 가수였으니 그런 집안 환경이 음악을 하는 데 도움이 된 것은 사실이다. 그래도 그렇지.

로버트 플랜트의 아빠는 엔지니어였는데 아들도 자신과 같은 일을 하길 바랐다. 그러나 로버트는 블루스에 빠져 음악에 열을 올리다 18살 때는 학교를 그만두고 완전히 음악에 전념한다.

그리고 지미 페이지는 18살 때 이미 밴드 크루세이더스의 인기 기타리스트였다. 하지만 콘서트 투어를 다니다 녹초가 되어 병이 난다. 그래서 나중에는 뛰어난 세션 기타리스트로 활동한다. 조니 알리데에게 욕설을 퍼붓고 싶어질 때까지 말이다. 그러다 야드버즈의 베이시스트로 합류한다. 지미의 단짝인 제프 벡이 기타를 맡고 있었기 때문이다. 지미는 누구보다 뛰어난 기타리스트였지만 한 밴드에 기타리스트가 두 명이나 필요하진 않았다. 밴드는 잘 굴러가지 않았고, 결국 제프 벡이 떠났다. 보컬인 키스 렐프는 늘 술 아니면 약에 취해 있어서 더 이상 노래를 맡길 수 없었다. 야드버즈는 무너졌다. 지미 페이지와 매니저 피터 그랜트만이 남았다.

지미는 보컬을 찾아다녔다. 테리 리드라는 가수에게 보컬 자리를 제안했지만, 테리는 거절하며 대신 로버트 플랜트를 추천한다. 지미와 피터 그랜트는 버밍엄까지 가서 로버트의 노래를 듣고 열광한다. 그러고 나서 지미는 로버트를 영입한다. 로버트가 지미에게 드러머 친구 존 본햄 이야기를 한다. 연주를 들어본 지미가 합류를 권하자 본햄은 약간 망설이다가 승낙한다. 마지막으로 베이시스트이자 키보디스트, 편곡자인 존 폴 존스가 지미를 찾아오고, 4인조가 갖추어진다. 소리를 맞춰보니 끝내줬다.

처음에는 밴드 이름을 '뉴 야드버즈'라고 지었다가 '레드 제플린'으로 바꿨다. 더 후(영국의 록 밴드─옮긴이)의 드러머 키스 문이 한 말에서 따온 이름이다. 키스 문은 어느 날 자기 밴드에 대해 불평하면서 지미에게 새 밴드를 만들자고 제안했다.

'레드 제플린'이라고 부를 거야.
빌어먹을 납으로 된 비행선처럼
다 깔아뭉개 버릴 거니까.

놀랍게도 네 젊은이들은 폭발적인 인기를 끌었다. 다들 20살 남짓이었을 때다.

나는 16살이다. 드럼도, 베이스도, 기타도, 목소리도 없고, 무슨 일을 하고 싶은지 아무 생각도 없다(그런 것 같다고 이미 말했지만 사실 요즘 날마다 그 생각뿐이다). 내가 레드 제플린처럼 될 가능성은 전혀 없다.

톱 모델이 될 가능성도 없다(코가 너무 길고 다리는 너무 짧다). 게다가 딱히 거식증도 없다. 거식증은커녕 요즘 너무 잘 먹어서 탈이다. 배꼽 아래 살이 약간 늘어져 진짜 흉하다. 그래도 누텔라(빵에 바르는 초콜릿 스프레드 상표—옮긴이)는 좋아한다. 미래가 불안해질 때, 누텔라를 듬뿍 바른 빵처럼 좋은 약이 없다. 그리고 내 동생 탓도 있다. 동생은 누텔라 바른 빵을 들고 날 놀리는 걸 좋아하는데, 내가 상어 흉내를 내며 와구와구 빵을 먹어 들어가다가 조그만 손까지 먹어치우는 시늉을 하면 까르르 웃는다. 우리만의 놀이다. 동생이 웃는 모습이 나는 좋다. 동생이 웃음을 멈추지 못하고 "또! 또!"라고 외치면 나는 또 누텔라 바른 빵을 먹고, 처음부터 다시 시작한다. 그러면 엄마가 한마디 한다.

그래. 나도 안다. 나는 시작부터 글렀다. 군살이 문제고, 살 때문에 남자애들 만나는 것도 문제고, 학교도 문제다(카포렐에게 들키는 순간 난 죽겠지). 좋은 일이라고는 하나도 없다.

내 방에 틀어박혀 '홀 로타 러브Whole Lotta Love'를 크게 틀었다.

지미 페이지는 외동이다. 그리고 외로운 아이였다. 대체 언제부터 오컬트며 기괴한 물건에 관심을 갖기 시작한 걸까? 알 수 없다. 지미는 유명해진 뒤 그런 질문을 받으면 화를 냈다. 어떤 인터뷰에서 읽었다.

그 얘기는 하지 않겠습니다. 아시다시피 나는 내 생각을 세상에 강요하지 않아요. 그러니 세상도 나에게 강요하지 않길 바랍니다. 그래요, 나는 주술에 관심이 있어요. 그뿐이에요.

맞아요, 지미. 당연히 존중해야죠. 하지만 그럼 왜 그 조그맣고 신비로운 기호로 우리를 궁금하게 만드는 거예요? 풀어야 할 수수께끼처럼 말이에요. 왜 ꙮ가 무슨 뜻인지 설명해주지 않는 거죠? 누가 "내가 알아낸 비밀을 너한테는 절대 말해주지 않을 거야"라고 하면 무슨 수를 써서라도 알아내고 싶어진다고요.

지미가 1947년에 사망한 영국의 흑마술사 알리스터 크롤리에게 빠져 있던 것은 유명한 사실이다. 크롤리는 작가이자 등산가, 점성술사 겸 시인이었다. 그는 어린 시절 대단히 엄격한 종교 교육을 받는 바람에 기독교에 대한 반감이 커졌다. 어머니는 크롤리를 '짐승'이라 불렀고, 아버지는 아들에게 억지로 성경을 외우게 했다.

크롤리는 히말라야 정상을 등반했고 흑마술에 대해 많은 책을 썼다. 수시로 흑마술을 행하며 악마를 잔뜩 불러냈다. 온갖 약을 흡입하기도 했다. 섹스, 마약, 흑마술, 시 쓰기…… 안 해본 일이 없을 정도다. 당연히 적잖은 록 스타들이 크롤리에게 관심을 가졌다. 데이비드 보위, 롤링 스톤스, 오지 오스본, 아이언 메이든, 마릴린 맨슨, 그밖에도 많다. 알리스터 크롤리는 비틀스의 〈서전트 페퍼스 론리 하트 클럽 밴드 Sgt. Pepper's Lonely Hearts Club Band〉 앨범 재킷에도 등장한다.

지미 페이지는 원고, 옷, 파이프 등 크롤리와 관계된 것은 뭐든 수집했다. 그리고 레드 제플린 3집에는 재킷 속 비닐 커버에 알리스터 크롤리의 말이 들어갔다. '*Do what thou wilt shall be the whole of the law.*' 그대가 원하는 것이 법의 전부가 되게 하라.

이집트의 신 호루스의 눈이 그려진 의상을 입고 있는
알리스터 크롤리

Do what thou wilt shall be the whole of the Law

　아침에 침대에서 나오기 전, 항상 헤드폰으로 15분 정도 레드 제 플린의 조용한 음악을 듣는다. 나는 4집 앨범의 서정적인 노래, '고잉 투 캘리포니아Going To California'를 굉장히 좋아한다. 눈을 감으면 내 방에서 지미 페이지와 존 폴 존스가 어쿠스틱 기타를 연주하는 것처럼 느껴진다. 로버트는 내 침대에 앉아서 나를 위해 노래를 불러준다 (DVD에서 로버트가 나에게 웃어주는 듯한 장면을 본 이후로 이렇다). 로버트의 목소리는 낮고 부드럽게 나를 깨운 다음 가볍게 날아오른다. 그 곡을 들으면 하루가 기분 좋게 시작된다.

　　왕 없는 왕비를 찾는다.
　　그녀는 기타를 치고 울고 노래한다고 한다……
　　새벽의 발자취에서 흰 암말을 타고
　　결코, 결코, 결코 태어난 적 없는 여인을 찾는다.

내 꿈의 산속에서 언덕 위에 서서 스스로에게 말한다.
보기만큼 힘들지, 힘들지, 힘들지 않다고.

로버트는 낭만적이면서도 아주 정열적이다. 그 점이 정말 멋지다. '고잉 투 캘리포니아Going To California'에서 왕이 없는 자신만의 왕비를 찾던 로버트는 '블랙 도그Black Dog'에서 끝내주게 열정적으로 변신한다.

헤이, 헤이, 베이비, 당신이 그렇게 걸어갈 때
당신 뒤에는 꿀이 흘러. 더 이상 참을 수 없어.

빌어먹을 로버트, 당신은 빌어먹게 많은 그루피(록 밴드를 따라다니는 극성팬—옮긴이)들과 잤잖아요, 아니에요? 나는 투어 중의 당신 아내는 되기 싫어요. 레드 제플린은 성가대 소년들이 아니었다. 섹스, 마약, 술, 록. 절대 점잔 빼지 않았다.

어쨌든 나도 왕비가 없는 나만의 왕을 찾고 싶다. 학교에서 3학년 다른 반 남자애 하나를 찍었다. 마티아스라는 애인데 잘생겼다. 나만 그렇게 생각하는 게 아니라 알리스, 쥐디트, 리나, 마농도 보자마자 잘생겼다고 인정했다. 절망적이다. 꽃미남 부족 상황은 금융 위기보다 훨씬 심각한 문제다. 누구에게나 꽃미남이 하나씩 할당된다면 쉬는 시간에 화장실에서 낙서나 끼적이며 시간을 낭비하지도 않았을 거다. 물론 생활지도실에 불려 가 카포렐에게 심문당

미리 말해두는데, 자백하면 정상 참작하겠지만 거짓말이 밝혀지면 **무자비한 벌을 받을 거다.**

하는 일도 없었겠지.

그 경고에는 의심의 여지가 없다. '무자비'로 말하자면, 카포렐은 월, 화, 수, 목, 금, 그리고 요즘은 토요일까지 무자비하다. 전교생이 토요일 오전에도 등교하는 벌을 받았기 때문이다. 이제 카포렐의 얼굴을 보지 않는 날은 일요일뿐이다. 당연하다. 일요일은 주님의 날이니까.

우리 부모님은 아침을 먹으면서 라디오를 듣는다. 스스로를 학대하는 취미다. 온통 나쁜 뉴스뿐이니까. 주가가 조금 올랐다더니, 쾅! 오늘은 다시 하락세로 시작된다. 그 바람에 새아버지는 하얗게 질렸다. 새아버지의 그런 모습은 보기 싫다. 새아버지에게 돈 문제가 생기면 좋을 것이 없다.

파키스탄에서 일어난 테러, 소비 위축, 파리 경찰의 5만 볼트 테이저 건 사용 허가. 이제 경찰이 우리 신경계를 합법적으로 감전시킬 수 있게 되었다. 믿을 수가 없다. 카포렐에게 테이저 건이 없는 게 다행이지.

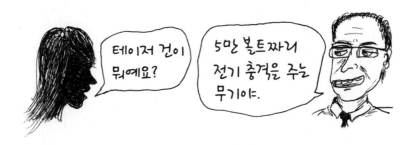
테이저 건이 뭐예요?

5만 볼트짜리 전기 충격을 주는 무기야.

레드 제플린이 콘서트를 열던 시절에 테이저 건이 없었던 것도 다행이다. 경찰이 동원될 정도로 과열된 공연들이 있었기 때문이다. 1971년 밀라노에서 있었던 일이다. 공연장 안팎에 전투복을 입은 경찰 수백 명이 깔렸다. 관객들이 지나치게 달아올랐기 때문이다. 경찰은 최루탄을 쏘고, 관객은 최루가스와 경찰봉을 피해 무대 위로 몰려들었다. 레드 제플린은 허둥지둥 도망쳤다. 장비 대부분이 망가졌다. 대실패였다.

하지만 레드 제플린이 대중을 사로잡은 것은 무대 위에서였다. 밴드 초창기에 영국 대중은 레드 제플린에게 상당히 냉담했다. 그래서 서쪽을 정복하러 떠난다. 미국을 향해. 미국 투어를 잡아준 덩치 큰 매니저 피터 그랜트 덕분이다.

처음에는 다른 밴드의 콘서트 오프닝 무대에서 연주했는데 금세 눈길을 끌었다. 투어 막바지에는 레드 제플린이 2시간에 걸쳐 실컷 날뛰는 통에 아이언 버터플라이가 레드 제플린 뒤에 연주하는 것을 거부했다. 비행선에 깔린 것이다. 얼마 뒤 레드 제플린의 첫 앨범은 미국 내 음반 판매량 10위 안으로 진입했다.

1969년에 레드 제플린은 150회 이상 공연을 다니며 무대 위에 모든 것을 쏟아부었다. 어떤 때는 3시간이나 연주하기도 했다. 날마다 즉흥적으로 다른 연주를 선보였다. 여세를 몰아 두 번째 앨범을 내놓고 눈부신 성공을 거두었다.

겨우 1년 만에 레드 제플린은 스타가 되었다.

피터 그랜트, 120kg

난폭한 매니저가 되기 전에는 프로레슬링 선수를 비롯해
온갖 직업을 전전했다. 피터 그랜트가 없었다면 레드 제플린은
절대 레드 제플린이 되지 못했을 것이다.

아빠가 선물을 주었다. 『리네케의 노트』라는 책이다. 삽화가 그려진 작은 책이 아홉 권 들어 있는데, 한 아버지가 제2차 세계 대전 중에 딸 리네케에게 보낸 편지들이다. 유대인이었던 리네케는 독일군에게 끌려가는 것을 피해 가족과 헤어져 지냈다. 노트에는 그림이 그려져 있다. '사랑한다'는 말은 한 번도 쓰여 있지 않지만 리네케의 아버지가 편지 내내 그 말을 전하고 있다는 느낌이 든다. 농장의 동물들에 대한 일상적인 이야기를 적었는데 사실은 가족들의 안부를 전하는 암호문이었다.

좋긴 했지만 선물 치고는 묘하단 생각이 들었다. 아빠와 내가 떨어져 살고 있으니 더욱 이상했다. 다행스럽게도 아빠와 나는 리네케 같은 이유로 떨어져 살고 있는 것은 아니다. 어쨌든 고마워요, 아빠. 하지만 가끔 아빠가 직접 편지를 써주면 더 좋겠어요. 전화만 좀 더 자주 걸어줘도 좋을 거 같아요. 아빠는 말수가 적은 편이다.

그건 그렇고 오늘 학교에서 말다툼이 벌어졌다. 이번에는 낙서가 아니라 메달 때문이었다. 교육부 장관이 대학입학자격시험에서 좋은 점수를 받은 학생들에게 메달을 주고 싶어 하는 모양이다. 우리 반의 플로랑은 그게 좋은 생각이라고 했다(걔네 아빠는 틀림없이 사르코지에게 투표했을 것이다). 알리스와 나는 짜증이 났다. 예산을 아낀답시고 선생님들을 내쫓으면서 메달 따위를 만드는 데 돈을 쓰다니. 대통령 임기 중에는 메달에 사르코지의 얼굴이라도 새겨놓을 기세다. 그리고 '면학, 가족, 조국'이라고 새기겠지. 시답잖다. 교육부 장관에게 최우수 바보 메달을 줘야 한다.

그렇지만 좋은 소식도 있다. 알리스가 다른 중학교에 진학한 초등학교 때 친구들을 만났는데, 다음 주 토요일에 걔들이랑 같이 만나기로 했다. 찌질이들만 아니면 좋겠는데.

옆돌기 한 때의
내 기분

종일 수업을 듣고 나면 녹초가 된다. 체육을 한 날은 더 지쳐서 통나무처럼 침대 위로 풀썩 쓰러진다. 체육은 영 젬병이다. 밧줄 타고 오르기만 빼고. 옆돌기나 물구나무서기, 다리 찢기도 다 못한다. 잘하고 싶지만 잘 안 된다. 그래도 크게 신경 쓰지는 않는다. 옆돌기를 익히다 녹초가 되는 데는 관심 없다.

내겐 에너지가 필요하고, 레드 제플린이 에너지를 불어넣어준다.

1969년 1월부터 1971년 11월까지 레드 제플린은 록의 역사에 길이 남을 전설적인 앨범을 네 장이나 냈고 콘서트도 수백 회 열었다. 셀 수 없이 많은 호텔 방을 난장판으로 만들었으며 수많은 그루피들과 자기도 했다. 맙소사, 무시무시한 체력이다! 그런 터무니없는 에너지를 어디에서 얻었을까? 코카인에서 조금, 아니 꽤 많이 얻은 걸까? 아니면 술? 음악에 대한 열정, 이건 확실하다.

'셀러브레이션 데이Celebration Day'나 '이미그런트 송Immigrant Song'을 들으면 삶이 두렵지 않다. 그래서 그 노래들을 다시 듣게 된다.

레드 제플린은 두려워하지 않았다. 공격하는 것과 공격받는 것 둘 다 말이다. 평론가들의 눈 밖에 나는 것도 개의치 않았다. 4집 앨범이 나오기 전까지 언론은 레드 제플린을 깎아내리기 바빴다. 그러거나 말거나 기자들의 비위를 맞출 필요는 없다. 재킷에 밴드 멤버들의 사진도 넣지 않고, 인터뷰를 거의 또는 아예 하지 않을 뿐더러 별다른 홍보도 하지 않았다.

1971년, 레드 제플린은 4집으로 대성공을 거둔다. 마침내 평론 가들도 굴복하고 말았다. 전성기를 맞은 레드 제플린의 명성은 하

늘을 찌를 듯했고 멤버들은 엄청난 부자가 되었다. 지미는 정말 원하던 것을 손에 넣는다. 알리스터 크롤리의 소유였던 저택, 볼스킨 하우스를 사들인 것이다. 네스 호가 내려다보이는 저택은 아무리 오래된 집이라지만 음산하기 짝이 없다. 지미는 어지간히 고독을 사랑했나 보다. 나 같으면 그런 곳에서 절대로 혼자 밤을 보내지 못할 거다. 공포 영화보다 더 끔찍하다.

그리고 소문이 불어났다. "지미 페이지가 크롤리를 숭배한 나머지 흑마술을 쓴다", "레드 제플린의 유례없는 성공은 악마에게 영혼을 판 대가다", "레드 제플린은 대중에게 마법을 건다", "그들은 타락했고 난폭하다", 어쩌고저쩌고……

1981년에는 사람들이 레드 제플린을 고발하기도 했다. 몇몇 곡에 악마의 메시지를 숨겼다는 것이다. 한 가톨릭 신자 DJ가 '스테어웨이 투 헤븐Stairway To Heaven'을 거꾸로 듣다가 발견했다고 한다.

나도 그 부분을 거꾸로 들어보았다. 솔직히 어떻게 받아들여야 할지 모르겠다. 확실한 건 지미 페이지와 로버트 플랜트가 말도 안 된다고 딱 잘랐다는 것이다. 로버트는 그 곡을 쓸 때 단숨에 가사가 떠올랐다고 했다. 바로 그런 것을 영감이라고 부른다.

정상적인 방향으로 들으면,
If there's a bustle in your hedgerow
Don't be alarmed now,
It's just a spring clean for the May queen
Yes, there are two paths you can go by
But in the long run
There's still time to change the road you're on

해석하면,
산울타리 안쪽이 소란스러워도 놀라지 마라.
5월의 여왕을 위한 봄 청소일 뿐이다.
그렇다. 갈 수 있는 길이 두 갈래 있다.
하지만 길게 보면
아직 가는 길을 바꿀 시간이 있다.

거꾸로 들으면,

Oh here's to my sweet Satan.

The one whose little path would make me sad,

whose poser is Satan.

He'll give you give you 666.

There was a little toolshed where he made us suffer,

sad Satan.

해석하면⋯⋯ 관두자. 아마도 사탄과 그 능력, 악마의 숫자 666, 그런 것들에 대해 이야기하는 것 같다.

컴퓨터를 끌 수가 없다. 아직 내일 숙제도 안 했는데 인터넷 서핑만 하면서 바보 같은 소문에 대한 정보를 뒤진다. 중독성 짱이다. 인터넷에 떠도는 잡다한 정보들 속에서 쓸 만한 것을 가려내기가 어렵다. 극도로 보수적인 가톨릭 사이트도 찾았는데 무시무시했다. 어떤 면에서는 알리스터 크롤리보다도 무서웠다.

그들에게 록은 악마의 음악이다.

좀 더 중립적인 사이트들에서 재미있는 사실을 잔뜩 알아냈다. 노래에 어떤 메시지를 숨겼다는 의심을 받은 밴드는 레드 제플린이 처음은 아니었다. 이런 것을 백마스킹이라고 부른다. 비틀스는 7집 〈리볼버 Revolver〉에서 고의로 백마스킹을 사용했다고 한다. 그리고 '레볼루션 9 Revolution 9'이라는 곡을 둘러싸고도 말이 많다. 거꾸로 틀면 "Turn me on, dead man(나를 흥분시켜라, 죽은 자여)"

이라는 소리가 들린다. 그리고 '아임 소 타이어드I'm So Tired'에서는 "Paul is dead man, miss him, miss him, miss him(폴은 죽었다. 폴이 그립다, 그립다, 그립다)"이라는 소리가 들려서, 당시 폴 매카트니가 죽었다는 괴소문이 돌았다고 한다. 진짜 폴은 자동차 사고로 죽었고 꼭 닮은 사람으로 바꿔치기 됐다는 것이다. 이 메시지가 증거이며 앨범 재킷에도 숨겨진 표시가 있다는데 전부 헛소리다. 하지만 비틀스가 이 소문으로 장난을 쳤을 가능성도 있다.

어쨌든 보수적인 기독교도들은 온갖 곳에서 백마스킹을 발견했다. 비틀스, 도어스, 레드 제플린, 이글스, 주다스 프리스트……. 발견하는 대로 소송을 걸었다. 맹목적인 신자들은 시위를 하고 음반들을 불태웠다. 종교재판이 있던 시대였으면 성직자들이 지미와 로버트를 비롯한 아티스트들을 산 채로 불태웠을 것이다!

일렉트릭 라이트 오케스트라는 〈엘도라도Eldorado〉라는 앨범에 사탄의 메시지를 넣었다고 고발당한 뒤, 거꾸로 들으면 빈정거림으로 가득 찬 〈시크릿 메시지스Secret Messages〉라는 음반을 냈다. "Look out, there's danger ahead(조심해, 위험이 닥쳐와)", "You're playing me backwords(당신 지금 나를 거꾸로 듣고 있어)" 같은 말들이다.

내가 생각하기에 이런 해프닝은 아이들이 구름을 보고 양이나 개, 토끼 모양을 찾으며 노는 것이나 다름없다.

하지만 비틀스 전에도 음반을 거꾸로 듣거나 거꾸로 생각하고 기도문을 거꾸로 외웠던 사람이 있다. 알리스터 크롤리다.

잠을 설쳤다. 알리스터와 사탄 무리에 대한 괴담이 머릿속을 점령한 것이다. 꿈속에서 나는 을씨년스러운 정원에 서 있었는데 바람이 너무 세게 불어서 어디로든 피해야 했다. 볼스킨 하우스와 비슷한 음산한 집이 있기에 문을 두드렸는데 누군가 악마처럼 낄낄거리며 문을 열었다. 지미는 아니었다. 물론 알리스터도 아니었다. 맙소사, 카포렐이었다! 카포렐은 거대한 십자가를 휘둘러 내 얼굴을 세게 후려쳤다. 그 순간 잠에서 깼다.

동생을 안아주러 갔다. 나는 동생 옆에 누워 잠든 모습을 지켜보는 것을 좋아한다. 보들보들하고 조막만 한 얼굴이 정말 예쁘다.

머리카락을 쓰다듬어주면 동생은 내 목에 머리를 묻는다. 3살짜리다운 아기 냄새가 아주 좋다. 그쯤이면 대개 엄마가 들어와서 나한테 아침을 먹으라고 한다. 엄마도 아기를 안아주고 싶어서 내 자리를 빼앗으려는 것이다. 내가 어렸을 때도 엄마는 나를 많이 안아주었다. 하지만 지금은 아니다. 내가 엄마를 피하게 되었기 때문이다. 이제 엄마는 동생을 안아준다. 딱히 엄마가 안아주기를 바라는 건 아니지만 그래도 가끔은 안기고 싶다. 아빠는 안아주는 데 영 소질이 없다. 아빠가 어릴 때, 할머니가 많이 안아주지 않은 게 분명하다. 하지만 굳이 표현하지 않아도 아빠가 나를 사랑한다는 사실은 알고 있다. 『리네케의 노트』에 나오는 아버지처럼 말이다.

　때로는 "사랑해"라는 말이 아무 의미 없다는 것도 안다. 문자메시지 사건을 통해 얻게 된 교훈이다.

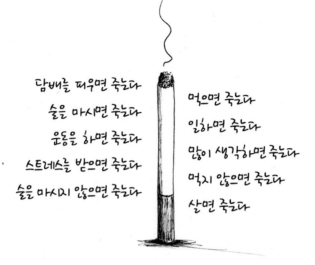

담배를 피우면 죽는다
술을 마시면 죽는다
운동을 하면 죽는다
스트레스를 받으면 죽는다
술을 마시지 않으면 죽는다

먹으면 죽는다
일하면 죽는다
많이 생각하면 죽는다
먹지 않으면 죽는다
살면 죽는다

　　알리스의 친구들을 만났다. 폴, 발랑탱, 빅토르, 아르튀르까지 남자 넷. 조에, 델핀, 아나, 이렇게 여자는 셋이었다. 알리스와 나까지 남자 넷에 여자 다섯이 되었다. 나는 빅토르가 마음에 쏙 들었다. 그쪽도 내가 마음에 들었는지는 알 수 없다. 알리스는 발랑탱을 좋아하고 조에도 마찬가지다. 알리스가 마음을 바꿔 빅토르를 좋아하지만 말았으면 좋겠다. 우리는 파리 시내를 돌아다니다 뷔트 쇼몽 공원까지 갔다. 풀밭에 앉았는데 날씨도 화창하니 정말 좋았다. 빅토르는 담배를 피운다. 폴, 발랑탱, 델핀, 아나도 피운다. 우리 학교에도 수업 끝나고 교문 앞에서 담배를 피우는 애가 많은데, 카포렐이 이름을 적어두었다가 부모님들에게 일러바친다.

빅토르가 담배를 피우냐고 묻기에 안 피운다고 했다. 피운다고 거짓말하고 싶은 마음도 있었지만, 멋있어 보이려고 담배를 피우는 건 멍청한 짓이다. 엄마는 이미 "암 덩어리를 빨아들이는 짓"이라는 말로 나를 세뇌시켰다. 달달 외울 지경인 엄마의 설교에 따르면 담배는 폐와 목구멍을 망가뜨리고 성장을 방해한다.

공원에서 빅토르는 내 옆에 앉았다. 아마 어쩌다 보니 그렇게 된 거겠지만 일부러 내 옆에 앉은 것이었으면 좋겠다. 우리는 꽤 많은 이야기를 나눴는데 주로 음악 얘기였다. 빅토르는 콜드플레이를 좋아하지 않았다. 그리고 서로의 아이팟에 겹치는 곡들이 있었다. 데이비드 보위, 롤링 스톤스, 비틀스, 블러(영국의 밴드—옮긴이), 고릴라즈(가상 캐릭터로 구성된 영국의 밴드—옮긴이), 프린스……. 빅토르는 레드 제플린의 노래 중에 '스테어웨이 투 헤븐Stairway To Heaven'과 '이미그런트 송Immigrant Song'밖에 몰랐다. '블랙 도그Black Dog'를 들려주었더니 마음에 들어 했다. 우리는 한동안 이어폰을 한쪽씩 나눠 끼고 둘이서 베베 브륀(프랑스의 밴드—옮긴이)의 노래를 한 곡 들었다. 난 딱히 베베 브륀의 팬은 아니지만, 그래도 근사했다. 빅토르의 얼굴이 내 얼굴 바로 옆에 있었고, 빅토르의 볼이 내 볼에 스쳤다. 그리고 빅토르가 나를 향해 싱긋 웃었다. 빅토르가 내 인중의 잔털을 못 봤으면 좋겠는데(아침에 탈색했는데 색이 연해지니 그나마 덜 흉하다). 내 커다란 코도. 눈은 괜찮다. 밤색이지만 크고 속눈썹이 기니까. 솔직히 빅토르가 나한테 관심이 있는지 잘 모르겠다. 객관적으로 엄청난 미인은 아니니까. 하지만 빅토르가 나를 마음에 들어 한다는 느낌이 든다. 어쩌면 마주치는 여자마다 일단 꼬시고 보는 인간일지도 모른다. 그리고 'ㅅㄹㅎ'라는 문자를 날리는 거다. 사실은 'ㄴㄴ ㄴㄹ ㅅㄹㅎ(나는 나를 사랑해)'면서. 두고 보면 알겠지. 어쨌든 빅토르는 귀엽다. 그리고 콜드플레이를 듣지 않는 점도 좋다.

우리는 휴대전화 번호를 교환했다. 서로의 아이팟도.

나는 신을 믿지 않는다. 당연히 악마도 안 믿는다. 우리 엄마는
세례를 받지 않았고, 무신론자다(엄마 스스로 그렇게 주장한다). 그
런데도 아무 거리낌 없이 성당에 가서 초를 켠다. 심지어 성당을
좋아하기까지 한다. 엄마에게 물어보았다.

무신론자가 성당을 좋아하는 건 말이 안 된다.

하지만 살다보면 말 되는 일만 하고 살 수는 없다.

꽉 막힌 기독교 신자들은 록이 악마의 음악이라고 생각한다. 아마 록 스타들이 수백만 명에게 신처럼 떠받들어지는 꼴을 보자니 배가 아파서 그럴 것이다. 1966년에 존 레넌(비틀스의 멤버—옮긴이)은 그런 사람들을 이렇게 비웃는다.

우리가 예수님보다 인기 많아요.

그 발언에 미국의 목사들이 길길이 날뛰었다. 큐 클럭스 클랜 (KKK, 미국 각지에서 조직된 극우적 성향의 백인 비밀 결사—옮긴이) 은 비틀스를 죽이겠다고 협박했다.

1968년에는 롤링 스톤스가 '심퍼시 포 더 데블Sympathy For The Devil'을 내놓았고, 로만 폴란스키 감독의 영화 〈악마의 씨〉가 개봉했다. 그 영화는 진짜 무섭다. 줄거리를 간단히 말하면 어떤 여자가 악마에게 강간을 당해 악마의 아기를 임신한다는 이야기다. 영화는 대성공이었다. 당시에는 악마를 가져다 붙이는 것이 유행이었다. 사탄은 매우 잘 팔리는 상품이었다. 아마 록 밴드들은 루머 따위에 별로 연연하지 않았을 것이다. 루머 덕분에 오히려 더 잘 팔렸을 테니까.

그리고 시비를 걸려는 의도도 있다. 내가 만약 학교 담벼락에 사탄을 찬양하는 내용을 낙서한다면, 진짜 그렇게 생각해서가 아니라 카포렐이 싫어서일 것이다.

하여간 인터넷을 돌아다니면서 알게 된 무척 흥미로운 사실은 록 이전에는 블루스가 악마의 음악 취급을 받았다는 것이다. 블루스는 술판과 싸움판, 섹스를 노래한다. 블루스 가수들은 사창가나 술집을 돌며 자기가 벌인 애정 행각을 노래한다. 목사들은 블루스 가수들이 죄악을 노래한다고 비난했다. 블루스 가수들은 흑인들이었지만, 백인뿐 아니라 흑인 기독교도들 역시 그들을 좋게 보지 않았다. 가스펠은 신의 노래다. '가스펠Gospel'은 '갓 스펠God spell(신의 말)'의 준말이다. '블루스Blues'는 '블루 데블스Blue Devils(푸른 악마, 보통 우울한 마음을 뜻한다)'를 줄인 말이다. 블루스는 죄악의 노래였다. 그리고 몇몇 블루스 가수는 자신이 악마와 거래를 했다는 소문을 스스로 퍼뜨려서 쓸데없는 논란을 부추겼다. 로버트 존슨은 '크로스 로드 블루스Cross Road Blues'에서 교차로에서 악마를 만나 영혼을 판 대가로 블루스의 마법을 전수받았다고 노래한다. 이렇게 교차로의 전설이 탄생했다.

로버트 존슨은 병목으로 기타 줄을 문질러 연주했다. 이것을 보틀넥 주법이라 한다. 죽여주는 기타리스트였던 모양이다. 하지만 그 역시 성가대 소년은 아니었는지 애인을 잔뜩 만들었고 술에 찌들어 늘 이 술집에서 저 술집으로 떠돌았다. 그는 1938년 사흘 동안 끔찍한 고통에 시달리다 죽었다. 질투에 눈먼 어떤 남편에게 독살당한 듯하다. 당시 27살이었으니 오래 산 건 아니었고 돈도 많이 벌지 못했다. 그러나 로버트 존슨은 신화가 되었다.

에릭 클랩튼, 롤링 스톤스, 밥 딜런, 레드 제플린을 비롯한 많은 아티스트들이 로버트 존슨을 존경한다.

인터넷에서 로버트 존슨의 음악을 들어보았다. 음질은 후졌지만 대단히 감각적이었다. '러브 인 베인Love In Vain'이라는 곡을 발견했는데, 잘 아는 곡이었다. 내가 좋아하는 롤링 스톤스의 노래였기 때문이다. 롤링 스톤스가 작곡한 줄 알았는데 아니었다. 그 곡을 로버트 존슨이 만들었다니.

로버트 존슨, 악마 같은 재능을 지닌 블루스 가수.
세련된 차림과 예쁘고 섬세한 손이 진짜 멋지다.
로버트 존슨은 6개월 만에 기타를 마스터했다고 한다.

휴대전화 액정에 '빅토르로부터 새 메시지' 표시가 뜨자 엄청 기뻤지만 메시지 읽기가 두려웠다. 문자 메시지나 채팅으로 떠드는 허튼소리에 속아 넘어가긴 싫다.

14살 여름에 어떤 남자애를 좋아한 적이 있다. 그 애는 바닷가에서 축구를 하고 있었다. 잘생겼고 긴 머리에 상체는 보기 좋게 태닝했다. 감히 다가갈 수 없었다. 방학이 끝나갈 때쯤 그 애를 아는 여자애와 친해져서 소개받았다. 우리는 메신저 주소를 주고받았고, 나는 파리로 돌아왔다. 그 애는 낭트에 살아서 1년 내내 메신저로 채팅을 했다. 나는 언제나 걔 생각만 했고 말도 안 되는 공상에 젖었다. 어느 날 그 애가 'ㅅㄹㅎ'라고 쓰자 나는 정말로 사랑에 빠졌다. 그 남자애와 다시 만날 여름방학만 손꼽아 기다렸다. 그리고 지독하게 모욕당했다. 바닷가에서 다시 만나 서로 인사를 나누자마자 축구공을 쫓아 달려가버린 것이다.

"안녕", "잘 있었어?", "잘 가" 빼고는 여름 내내 서로 아무 말도 하지 않았다. 채팅으로는 서로 온갖 비밀 이야기를 다 나눴는데 말이다. 그때부터 인터넷으로 사람을 사귀려 애쓰지 않는다. 그리고 'ㅅㄹㅎ'니 'ㅈㅇㅎ'를 날리는 사람은 당장 끊어버린다.

빅토르의 문자 메시지를 읽어보니 마음이 놓였다. 잘 지내냐고 물어보며, 내 아이팟에 든 노래들이 마음에 들었으니 절대 돌려주지 않겠다며 웃는 이모티콘을 덧붙였다. 아이팟을 찾으러 가겠다고 답하면서 '나는 레드 제플린을 들으면 헐크로 변하니까 조심해'라며 웃는 표시를 했다. 그 뒤로 초 단위로 휴대전화를 들여다보았지만, 빅토르는 답문을 보내지 않았다. 슬슬 불안해졌다. 헐크 얘기

97

를 괜히 꺼낸 것 같다. 헐크라니 솔직히 완전 깼다. 헐크에게 키스하고 싶은 사람은 아무도 없을 것이다. 거기까지 생각이 흐르자 짜증이 나서 속으로 빅토르를 욕하기 시작했다.

정말이지 그런 일은 두 번 다시 겪고 싶지 않다. 거짓투성이 문자를 기다리고, 휴대전화가 울리지 않아서 비참해지고, 'ㄴㄴ ㄴㄹ ㅅㄹㅎ(나는 나를 사랑해)' 토마와 엮이는 바람에 힘들었던 그 모든 거지 같은 상황 말이다. '이미그런트 송Immigrant Song'을 틀어놓고 고래고래 악을 쓰고 나서야 겨우 마음이 가라앉았다. 그다음에는 침대에 누워 '더 배틀 오브 에버모어The Battle Of Evermore'를 들었다. 나는 그 곡을 아주 좋아한다. 샌디 데니라는 여가수가 로버트 플랜트와 함께 노래를 부른다. 두 사람의 목소리가 이루는 하모니가 끝내준다. 문자에 대해 거의 잊었을 때 새 문자가 온 걸 발견했다. 빅토르는 헐크로 변신하는 여자애는 한 명도 몰랐는데 나를 만나 기쁘다며 자기는 헐크를 아주 좋아한다고 했다. 그리고 나만 괜찮으면 수요일에 만나자고 했다. 뛸 듯이 기뻤지만 조금 뜸을 들인 다음 5분 뒤에 "오케 수욜에 봐^^"라고 문자를 보냈다.

레드 제플린이 대부분의 곡을 베꼈다는 사실을 알게 되었다. 원곡을 함께 들을 수 있는 사이트도 우연히 발견했다. 듣는 내내 정신을 차릴 수 없었다. 나는 레드 제플린이 모든 곡을 작곡한 줄 알고 천재라고 생각했다. 그런데 아니었다. 어찌나 많은 포크 가수, 블루스 가수, 컨트리 가수들을 표절했는지 리스트가 끝도 없다.

— '홀 로타 러브Whole Lotta Love'는 스몰 페이시스의 '유 니드 러빙You Need Loving'을 베꼈고, 세상에 그 곡도 윌리 딕슨의 '유 니드 러브You Need Love'를 편곡한 노래다. 1985년에 윌리 딕슨이 표절 소송을 걸어서, 레드 제플린은 저작권료를 지불했다.

— '데이즈드 앤드 컨퓨스드Dazed And Confused'는 제이크 홈스의 곡을 슬쩍했다.

— '블랙 마운틴 사이드Black Mountain Side'는 버트 잰쉬의 '블랙 워터 사이드Blackwater Side'와 비슷하다.

— '브링 잇 온 홈Bring It On Home'은 윌리 딕슨이 작곡하고 소니 보이 윌리엄슨이 부른 노래를 재탕했다.

— '베이브 아임 거너 리브 유Babe I'm Gonna Leave You'는 애니 브릭스가 작곡하고 조안 바에즈가 부른 노래 재탕.

— '갤로스 폴Gallows Pole'은 리드빌리를 가져왔다.

— '더 레몬 송The Lemon Song'은 하울린 울프의 '킬링 플로어 Killing Floor'를 베꼈다.

— '블랙 도그Black Dog'는 플리트우드 맥의 '오 웰Oh Well'에서 영감을 얻었다.

— '스테어웨이 투 헤븐Stairway To Heaven'은 스피릿의 '토러스Taurus'에서 영감을 얻었다.

— '웬 더 레비 브레이크스When The Levee Breaks'는 멤피스 미니의 곡 재탕.

다 적지는 않겠지만 결론적으로 발표한 앨범마다 그런 곡이 있다. 실망이다. 하지만 레드 제플린의 곡 해석은 완전히 다르다. '홀로타 러브Whole Lotta Love' 시작 부분의 죽여주는 기타 리프는 지미 페이지의 것이다. 게다가 이 곡을 연주할 땐 희한한 행동을 한다. 지미 페이지는 바이올린 활로 기타를 켜고 로버트는 오르가슴을 느끼는 듯 신음 소리를 낸다. 그 곡은 레드 제플린이 창조한 것이다. 뼈대만 가져와 자기들 식으로 연주했다. 레드 제플린의 표절곡은 번번이 원곡을 훨씬 뛰어넘는다. 그 끝내주는 소음은 정말 레드 제플린의 것이다. 그리고 완전 새롭다. 롤링 스톤스도 몇몇 곡들이 비슷한 의혹을 샀다. 난 '러브 인 베인Love In Vain'도 롤링 스톤스 곡인 줄 알았으니까. 그래도 레드 제플린에게 화가 난다. 레드 제플린은 재킷에 자기들이 따온 곡의 제목과 원곡자들의 이름을 전혀 밝히지 않았다. 떳떳하지 못한 짓이다.

레드 제플린이 블루스에서 빌려온 것은 악마와의 계약에 대한 전설만이 아니었다.

금융 위기가 악화되고 있다. 새아버지의 상태도 마찬가지다. 그저께 하얗게 질렸던 새아버지가 오늘은 누렇게 떴다. 매일 아침 침대에서 나오자마자 라디오부터 켠다. 아침을 먹을 때에는 아무도 입을 열면 안 된다.

잘됐다. 나도 새아버지한테 할 말이 없으니까. 하지만 새아버지가 겁내는 것을 보니 걱정되기 시작한다. 덩달아 엄마도 불안해한다. 일주일 동안 라디오와 텔레비전, 그리고 부모님의 대화에서 이런 말을 13억 5천만 번은 들었을 것이다.

참 마음이 밝아지는 이야기뿐이다. 그래서 점점 더 아이팟을 놓지 않게 된다. 식탁에서도 듣다가 결국 꾸중을 들었다.

밥을 먹은 다음에 쏜살같이 내 방으로 가서 롤링 스톤스의 '쉬스 라이크 어 레인보우 She's Like A Rainbow'를 듣고(레드 제플린에게는 여전히 조금 화가 나 있다) 빅토르에게 잘 자라는 문자를 보냈다. 우리는 내일 만난다.

빅토르는 토마보다 훨씬 키스를 잘한다. 그 머저리한테 차이고 왜 슬퍼했는지 모르겠다. 토마와 키스할 때는 입속에 커다란 민달팽이가 들어온 것 같았다.

빅토르는 훨씬 부드럽다. 그리고 아름다운 까만 눈을 가졌다. 아무 말 없이 서로 바라보고 있을 때가 좋지만 너무 오래 쳐다보지는 않는다. 오래 보다 서로 민망해지고 빅토르가 내 잔털과 큰 코처럼 못생긴 부분을 알아차릴까 봐 겁났다.

우리는 영화관에 가서 〈아름다운 연인들La Belle Personne〉을 보았다. 사실 제대로 본 장면이 별로 없어서 영화가 어땠는지 잘 기억나지 않는다. 그러나 중요한 걸 놓치지는 않은 듯하다. 아무리 영화지만 순 거짓말이다. 루이 가렐처럼 잘생기고 섹시한 선생님이 진짜 있을 가능 성은 제로에 가깝다. 그런 선생님은 한 번도 보지 못했다. 우리 수학 선생님은 미셸 알리오 마리(사르코지 정부에서 장관을 지낸 여성 정치인—옮긴이)와 판박이다.

영화를 보는 내내 진동 모드로 돌려놓은 휴대전화가 쉬지 않고 떨어대는 바람에 결국은 꺼버렸다. 친구들이 너도나도 내가 뭐하고 있는지 물었다. 알리스, 마르고, 아누크, 샤를로트…… 다들 갑자기 아주 자상해졌다. 할 수만 있으면 내게 마이크와 이어폰을 붙이고 오후 내내 따라다니며 빅토르가 어떻게 키스했는지 생중계로 듣고 싶었을 것이다. 또 빅토르가 좋은 애인지, 재미있는지, 자기들한테 소개해줄 귀여운 친구들이 있는지 궁금했겠지. 특히 알리스는 내가 집에 들어오자마자 전화해서 하나도 빠뜨리지 말고 얘기해보라고 재촉했다.

빅토르와 오래가게 되면 알리스도 남자 친구를 사귀는 것이 좋을 텐데. 알리스는 벌써 약간 질투하고 있다. 그리고 내가 자기를 버릴까봐 불안해하는 것 같다. 그 마음은 알지만, 빅토르와는 잠깐 만났을 뿐이고 그것만으로 무슨 변화가 있진 않을 거라고만 말했다.

사실 나도 빅토르와 어떻게 될지 잘 모르겠다. 그 문제는 생각하고 싶지 않다. 알리스가 빅토르는 속옷 갈아입듯 여자를 갈아치우는 남자애 같다고 해서 짜증이 난다. 젠장, 모르겠다. 두고 보면 알겠지! 빅토르가 토요일에 친구네 파티에 가자고 했다. 알리스를 데려가도 되냐고 묻자 빅토르는 괜찮다고 답했다. 빅토르는 괜찮을지 몰라도 알리스에게 그 이야기를 꺼낸 게 좀 후회된다. 알리스가 빅토르를 귀엽다고 하니까 더 그렇다. 어쨌든 알리스는 내 친구다. 그것도 베스트 프렌드. 나는 알리스를 믿는다.

레드 제플린에게 조금 화가 난 상태지만 그렇다고 하루아침에 버릴 수는 없다. 나는 '프렌즈Friends'를, 그리고 '탠저린Tangerine'과 '대츠 더 웨이That's The Way'도 듣고 싶었다. 사실은 3집 앨범 전체를 듣고 싶었다. 실망하긴 했지만 나는 변함없이 레드 제플린을 사랑한다. 게다가 내가 제일 좋아하는 노래는 '이미그런트 송Immigrant Song'이고, 그 곡은 100% 레드 제플린의 창작이다.

레드 제플린이 대부분의 곡을 표절한 사실을 알려주니 알리스가

헐, 형편없는
인간들이잖아.
표절이라니!

비명을 꽥 질렀다. 꼭 오리 같았다.

　알리스의 반응에 나도 모르게 화가 치밀었다. 그래서 레드 제플린은 형편없는 인간들이 아니라 최고의 아티스트들이며 하드록의 선구자이기 때문에 그 뒤에 수많은 밴드들이 레드 제플린을 모방했다고 받아쳤다. 그러자 알리스는 하드록을 좋아하지 않는다고 대꾸했다. 나도 하드록은 별로지만 레드 제플린은 하드록보다 훨씬 세련되어서 듣자마자 바로 알아차릴 수 있는 독특한 소리를 내기 때문에 표절한 곡들도 사실상 레드 제플린의 곡이 되었다고 응수했다. 한마디로 우리는 대판 싸운 셈이다. 알리스는 레드 제플린 노래를 세 곡밖에 모르는데 내가 왜 시간을 버려가며 걔하고 이런 이야기를 했는지 모르겠다. 지금은 걔가 짜증 난다. 알리스 말이다.

새아버지가 불쌍하다. 식탁 앞에 앉아 양손으로 머리를 감싸 쥔 모습이 어찌나 처량해 보이는지 하마터면 가서 안아줄 뻔했다. 물론 그럴 수는 없어서 대신 동생을 보냈다. 향긋한 사과 샴푸 향기가 풍기는 아기의 머리칼에 뽀뽀를 하고 나니 새아버지의 기분이 좀 나아졌다.

남자 친구가 있을 때는 주위 사람들과의 관계도 달라진다는 것을 깨달았다. 빅토르와 키스한 뒤로 엄마나 새아버지에게 더 상냥해졌다. 그래도 빅토르가 "보고 싶어" 같은 문자를 보내면 믿을 수 없고 불안하다. 보고 싶다는 말은 아마 진심일 것이다. 아니, 그러기를 바란다. 토요일이 되면 알게 되겠지.

알리스터 크롤리의 말을 다시 생각해보았다. *Do what thou wilt shall be the whole of the law.* '그대가 원하는 것이 법의 전부가 되도록 하라.' 다른 번역은 이렇다. '그대가 원하는 것을 행하라. 그것이 곧 그대의 법일지니.' 얼핏 보기에도 두 해석이 의미하는 것이 좀 다르다.

지미 페이지는 위대한 록 밴드를 만들고 싶어 했고 결국 성공했다. 자신의 음악으로 대중을 사로잡고 싶다는 꿈도 이루었다. 짝짝짝. 지미가 악마와 거래했는지는 모르지만, 원하는 걸 이루기 위해 미친 듯이 노력한 건 확실하다. 레드 제플린이 70년대의 가장 위대한 록 밴드가 될 수 있었던 것은 악마와의 계약이 아니라 성공을 향한 지미 페이지의 강력하고 거대한 의지 덕분이었다고 생각한다. 처음 네 장의 앨범에서 반드시 성공하고야 말겠다는 맹렬한 투지가 느껴진다. 그 투지가 바로 마법이다.

'그대가 원하는 것을 행하라. 그것이 곧 그대의 법일지니.' 지미 페이지는 원하는 것에 거침없었다. 가장 쉬운 예로 원곡의 작곡가를 밝히지 않은 채 곡을 베꼈다. 그리고 내가 본 자료에 따르면 그루피들과도 '원하는 것'을 실컷 했다. 채찍이 잔뜩 든 가방을 들고 다녔다는 루머까지 있다.

'그대가 원하는 것을 행하라. 그것이 곧 그대의 법일지니.' 이 말은 이렇게 해석할 수도 있다. 남이 네 인생을 대신 결정하도록 내버려두지 마라. '남'에는 부모님과 선생님 모두 포함된다. 무언가 선택했다면 이루기 위해 온 힘을 쏟아라. 이 해석은 아주 마음에 들었다. 그런데 내가 뭘 원하는지 모른다는 게 문제다. 원하지 않는 것만 알 뿐이다. 이공계 직업을 갖는 것은 형편없는 수학 성적을 생각하면 무리다. 그렇다고 아무 회사나 대충 들어가 아무 일이나 하고 싶지도 않다. 지루함에 몸부림치거나 실직할까 벌벌 떨면서, 혹은 노예나 아첨꾼이 되어 스트레스에 시달리며 이유도 모른 채 회사에 다니게 될 것이 분명하다. 시시한 인생에 진저리를 치는 수백만 명의 사람들처럼 재미나 꿈, 자유도 없이 일하는 것. 그런 건 원하지 않는다. 하지만 그런 삶을 피할 수 있는 방법을 아직 모르겠다.

'그대가 원하는 것을 행하라. 그것이 곧 그대의 법일지니.' 한 천재 기타리스트가 알리스터의 짤막한 격언에 따라 레드 제플린을 결성했다. 하지만 잔인한 변태가 그 격언을 좌우명으로 삼는다면 어떻게 될까? 찰스 맨슨이나 기 조르주(미국과 프랑스의 유명한 연쇄살인범들―옮긴이)라면?

　빅토르를 만나서 기뻤고 파티도 멋졌다. 하지만 남자 친구가 있을 때는 파티가 별로 즐겁지 않다. 빅토르가 다른 여자와 얘기할 때마다 불안했다. 알리스가 짓궂게 생글거리며 빅토르를 쳐다보는 것도 거슬렸다. 그래서 나는 등을 돌리고 루카라는 잘생긴 금발 남자아이와 이야기하기 시작했다. 루카가 슬쩍 작업을 걸고 있다는 느낌이 들었다. 하지만 빅토르가 끼어들어 내 허리를 안았다. 그리고 함께 춤을 추었다. 근사했다. 빅토르의 춤은 플레이모빌 피겨가 춤추는 것처럼 뻣뻣했지만 말이다. 모두들 담배를 피웠고 맥주도 마셨다. 조금 마셔보았는데 구역질이 났다. 담배도 피워보고 싶었지만 기침이 나오면 한심해 보일까봐 그만뒀다. 내 방 창가에서 담배 피우는 연습을 해야겠다.

16살에는 배워야 할 것이 너무 많다. 프랑스어, 수학, 역사, 지리, 영어, 스페인어, 물리……. 이런 건 아무것도 아니다. 진짜 어려운 것은 그 밖의 모든 일이다. 키스하기, 담배 피우기, 애무하기, 섹스하기. 남자애들은 더 겁이 나서 죽을 지경이겠지. 센 척하면서 황당한 이야기를 지껄이는 것도 다 두려움을 떨쳐버리려고 허세를 부리기 위해서다. 나와 데이트했을 때 토마는 17살이었는데 틀림없이 동정이었을 것이다. 그래서 한시라도 빨리 동정을 떼고 싶어 몸이 달아 있었다. 그리고 나는 너무 어려서 글러먹었다고 생각했을 것이다. 시간 낭비라고 말이다. 내가 언제 처음 남자와 자게 될지는 모르겠지만 상대가 빨리 동정 딱지 뗄 생각으로 가득 찬 머저리는 아니었으면 좋겠다.

파티에서 한 커플이 방에 자리를 잡았다. 하지만 방문을 잠그지 않는 바람에 침대에 누워 서로 더듬고 있을 때 끊임없이 누군가가 스웨터나 담배, CD 등등을 찾으러 들어갔다.

나중엔 아예 놀이처럼 되어버렸다.

다들 배꼽을 잡고 웃었다. 방 안에 있던 남자애 이름은 리통이었
는데, 다들 문밖에서 이름을 부르며 놀려댔다.

밖에서 허리가 끊어져라 웃어대자, 마침내 리통은 화가 머리끝
까지 나서 웃통을 벗은 채 방에서 나왔다.

그러고는 문을 쾅 닫고 들어갔다. 사람들은 그걸 보고 숨이 넘어가도록 깔깔 웃어댔다.

알리스는 꽤 괜찮은 남자애와 키스했다. 그런데 상대 남자애가 그날 저녁 키스한 여자아이가 다섯 명이라는 게 문제다. 겨우 다섯뿐이라니! 그래도 알리스는 개의치 않고 좋아했다. 새벽 1시쯤 알리스네 부모님이 알리스를 데리러 왔다. 나는 빅토르가 집 앞까지 데려다주었다. 우리는 문 앞에서 오랫동안 키스했다.

잠들기 전에 아이팟으로 '땡큐Thank You'를 들었다. 그리고 빙그레 웃으며 눈을 감았다.

일요일에 아빠를 만났는데, 아빠는 내 마음에 드는 사실 하나를 가르쳐 주었다. 세르주 갱스부르의 노래 중 몇 곡은 클래식에서 영감을 받아 만든 거라고 했다. 바흐, 브람스, 쇼팽 같은 옛날 작곡가의 작품 말이다. 갱스부르의 초기 앨범들은 보리스 비앙(프랑스의 재즈 트럼펫 연주자이자 소설가―옮긴이)의 것과 무척 비슷하다. 그렇다 해도 세르주 갱스부르는 천재다. 레드 제플린도 종종 좋아하는 음악가들에게 영감을 받았으니 마찬가지 아닐까. 하지만 아빠는 작은 차이가 있다며 갱스부르가 편곡한 클래식들은 저작권이 소멸되었다고 했다. 하지만 레드 제플린은 살아 있는 음악가들의 곡을 베꼈다.

이베이에서 책을 한 권 샀다. 스티븐 데이비스가 쓴 『레드 제플린, 70년대의 전설』이라는 책이다. 절판된 책인데 배송료까지

6유로에 사서 기분이 좋다. 프랑수아 봉의『로큰롤, 레드 제플린의 초상』도 샀는데, 그 책은 20유로나 된다. 덕분에 용돈에 구멍이 생겼으니 제발 그 값을 했으면 좋겠다. 레드 제플린 이야기를 다룬 사이트들도 둘러보았다. 내가 좋아하는 밴드에 대해 더 많은 걸 알고 싶다.

학교에서의 일주일은 무지 길다. 늘 컴퓨터로 감시당하는 것 같다. 영어 선생님한테 휴대전화까지 압수당했다. 빅토르에게 문자를 보내던 중이었다. 당연히 카포렐은 잔소리를 퍼부으며 내 휴대전화는 토요일 오후에나 돌려주겠다고 했다. 2시간 동안 반성실에 가둬둔 다음에야 돌려주겠다는 것이다. 8살짜리 어린애 취급을 받는 것이 지긋지긋하고 반감만 든다.

엄마는 별로 야단치지 않았다. 수업 시간에 문자를 보내다 걸리는 건 바보들이나 하는 짓이라고 했을 뿐이다. 엄마가 카포렐을 욕하는 소리가 내 방에서도 들렸다.

그 꽉 막힌 선생,
참 짜증 나게 구네!

그러고는 학교에 전화를 걸어서 카포렐을 바꿔달라고 했다. 통화는 10분 정도 이어졌다. 처음에는 긴장된 목소리에 저자세로 사과만 늘어놓더니 마침내 엄마가 목소리를 높였다.

엄마는 전화를 끊고 카포렐을 향해 온갖 욕설을 퍼부은 다음 내방으로 들어와 '그 치사한 여자'가 내일 휴대전화를 돌려줄 거라고 했다. 카포렐이 나를 찍었으니 단단히 조심하라는 말도 했다. 내년에는 다른 고등학교로 진학하는 편이 좋겠다고 덧붙였다. 나는 엄마를 끌어안고 뽀뽀를 퍼붓고 싶었지만 이렇게만 말했다.

'그대가 원하는 것을 행하라. 그것이 곧 그대의 법일지니.'

1970년 6월 28일은 영국의 바스 페스티벌이었다. 제퍼슨 에어 플레인, 프랭크 자파, 버즈, 산타나 등등 여러 팀이 야외에서 공연할 예정인데 날씨가 나빴다. 소나기가 내리더니 잠시 개었다가 또 쏟아지고, 다시 개었다. 레드 제플린은 더 플록 다음, 마지막 순서였다. 매니저 피터 그랜트는 잠시 날씨가 개고 멋진 일몰을 볼 수 있을 거란 일기예보를 들었다. 그러나 더 플록이 관객의 갈채에 답하며 무대 위에서 시간을 끌었다. 그러자 피터 그랜트는 무대의 전기를 끊어버렸다. 뚝. 소리가 끊기자 무대 위로 뛰어올라간 그랜트가 더 플록의 장비를 치우고 레드 제플린의 장비를 설치하려 들었다. 더 플록 쪽 음향 팀이 항의했지만 사과는커녕 얻어맞기만 했다. 레드 제플린은 저무는 태양 속에서 '이미그런트 송Immigrant Song'을 부르기 시작했다. 그날 레드 제플린은 영국을 정복했다. 그 공연을 직접 봤다면 얼마나 좋았을까.

뚱보 매니저 피터 그랜트. 레드 제플린의 다섯 번째 멤버나 다름 없다. 하기야 레드 제플린은 모든 수입을 1/5씩 나눴다. 피터 그랜트는 멤버들과 완전히 뜻을 같이했다. 뮤직비디오도 찍지 않고 텔레비전 홍보도 하지 않으며 앨범 재킷에 멤버들의 사진도 넣지 않고 인터뷰도 거절했다. 피터 그랜트는 멤버들의 뜻을 존중했고 애틀랜틱 레코드와 협상 끝에 빈틈없이 계약을 체결했다.

여섯 번째 수혜자도 있다. 공연 매니저 리처드 콜이다. 콜은 투어를 따라다니며 레드 제플린의 뒤치다꺼리를 한다. 어딘가에서 읽었는데 밴드가 연루된 난잡한 사건이 일어날 때마다 콜은 VIP석에 있었다. 존 본햄(애칭은 본조다)은 술을 마시기 전에는 매력적인 청년이지만 진탕 퍼마시면 짐승으로 변했다(그래서 '짐승'이라는 별명도 붙었다). 그리고 걸핏하면 퍼마셨다. 연주할 때는 자제하지만 콘서트가 끝나면 곧바로 위스키와 맥주, 보드카를 들이켜며 긴장을 풀었다. 호텔 방을 난장판으로 만드는 것도 본조의 취미였다.

초창기 투어에서 신이 난 레드 제플린은 심하게 흐트러졌다. 그루피들도 빼놓을 수 없다. 대표적인 그루피 집단으로는 지티오 GTO, Girls Together Outrageously가 있다. 플래스터 캐스터스라는 그루피 그룹은 멋진 특기를 가지고 있었는데 록 스타들의 발기한 성기 모형을 석고로 뜨는 것이었다.

자신의 우상을 보려는 여자들이 수십 명씩 따라다녔다. 지미와 로버트가 상반신을 벗은 콘서트 DVD를 보면 로버트가 "I wanna give you every inch of my love"라고 울부짖으며 딱 붙는 청바지를 입고 허리를 흔드는데, 무대 아래에서 열광하고 있는 여자들을 상상하는 건 어렵지 않다.

섹스, 마약, 록. 절대 평온한 삶은 아니다.

빅토르는 데이비드 보위의 팬에 가깝다. 나는 빅토르에게 레드 제플린 이야기를 해주고 빅토르는 내게 데이비드 보위 이야기를 해주며 서로 모르던 음악을 발견한다. 하지만 사실 음악 얘기를 나눌 시간은 별로 없다. 툭하면 키스하기 때문이다.

이번 주말에 우리는 또 파티에 초대받았다. 엄마가 화를 냈다.

새아버지는 점점 쿨해진다. 금융 위기가 새아버지에게는 오히려 약이 된 모양이다.

black dog

레드 제플린의 전성기에 나도 그루피가 되고 싶었을지는 잘 모르겠다. 레드 제플린의 콘서트를 보는 건 분명 환상적이었겠지만 대기실 문을 핥는 건 좀 아니지 않을까? 이 엄청난 밴드가 투숙한 특급 호텔 스위트룸에서는 온갖 괴상망측한 일들이 벌어졌다. 특히 초창기 투어에는 찬란한 성공, 어마어마한 양의 술, 수많은 그루피가 함께했다. 그리고 리처드 콜은 즐기는 데 필요한 것이라면 무엇이든 열심히 갖다 바쳤다.

레드 제플린 최악의 스캔들 세 개는 전부 1969년과 1971년 사이에 일어났다. 그때의 사건들은 오랫동안 레드 제플린을 따라다녔다.

한 여자와 개 한 마리가 얽힌 사건이 하나 있다. 개는 검정색 그레이트데인이다. 리처드 콜과 존 본햄이 여자의 넓적다리 사이에

베이컨 조각을 끼웠지만 유감스럽게도 개는 입맛이 별로 없었다. 다른 멤버들은 과연 구경만 하고 있었을까? 존 폴 존스는 그 자리에 없었다. 존스는 밴드가 벌이는 난잡한 짓과 늘 거리를 두었다. 알려진 사실은 리처드 콜과 존 본햄이 레드 제플린의 부끄러운 사건들마다 주역을 맡았다는 것이다.

시애틀의 에지워터 인 호텔에서도 사건이 벌어졌다. 이번엔 상어가 등장한다. 호텔 바로 밑이 바다라 투숙객들은 발코니에서 직접 낚시를 할 수 있었다. 이번에도 리처드 콜과 존 본햄은 잔뜩 취했다. 두툽상어를 한 마리 낚자 빨간 머리 그루피 한 명을 잡아 온다. 그러고는 두툽상어와 여자를 데리고 장난을 친다. 배부른 육식 동물들과 기꺼이 몸을 맡기는 먹이. 아니면······? 게다가 바닐라 퍼지(미국의 밴드—옮긴이)의 베이시스트가 8mm 비디오카메라로 그 장면을 찍었다.

그러나 최악은 다음 사건이다. 레드 제플린은 잡지며 평론가들에게 혹평을 받고 있었는데 「롤링 스톤」이 특히 심했다. 그때 좋은 제안이 들어왔다. 「라이프」의 여기자가 투어를 따라다니며 레드 제플린에 대한 특집 기사를 쓰기로 한 것이다. 기자의 이름은 엘렌 샌더였다. 모든 것이 순조로웠다. 엘렌은 지미와 로버트를 높이 평가했고, 공연의 열기도 마음에 들어 했다. 투어가 끝나고 엘렌은 멤버들에게 작별 인사를 하려고 대기실을 돌았는데, 하필 본햄의 대기실에 갔을 때 그는 술에 잔뜩 취해 있었다. 그 방엔 콜도 와 있었다. 둘 다 엘렌을 알아보지 못하고 그루피 중 하나로 착각해 옷을 벗기기 시작했다. 엘렌이 비명을 지르자 두 남자는 낄낄대며 바지를 내렸다. 본햄이 여자를 강간하려 들 때 피터 그랜트가 달려와서 본햄을 벽에 팽개쳤다. 강간 미수였다. 물론 「라이프」에 특집 기사는 실리지 않았다.

바이킹 패거리가 난폭하게 다뤘던 여자들은 셀 수 없이 많았을 것이다. 야만스럽다.

매번 '그게 바로 레드 제플린의 실체다'라는 소리가 나오지만 다행히 그게 레드 제플린의 전부는 아니었다. 그리고 본햄은 마음만 내키면 알코올중독 마초 쓰레기 강간범과는 딴판이 되었다. 바로 세계 최고의 록 드러머가 되는 것이다.

'셀러브레이션 데이Celebration Day', '홀 로타 러브Whole Lotta Love', '블랙 도그Black Dog', '이미그런트 송Immigrant Song'⋯⋯. 이런 곡들의 드럼을 들어보면 본햄 없는 레드 제플린은 시체나 다름없다.

곰 우리에 들어가면, 가까이 다가가 턱을 쓰다듬어 줄 수도 있고 신화에 가려진 실체를 확인할 수도 있어요. 하지만 똥 냄새를 맡기에도 아주 좋은 자리지요.

엘렌 샌더

오늘 마르고가 카포렐에게 불려갔다. 가슴이 큰 마르고는 네크라인이 깊이 파인 크롭 톱을 입고 등교했다. 카포렐은 마르고에게 학교 재단에서 만든 수도원 티셔츠를 입혀서 파인 가슴을 가리게 만들었다. 마르고는 온종일 수도원 티셔츠를 입고 돌아다녀야 했고 다들 그 꼴을 보고 실컷 놀려댔다.

이 학교는 복장 규율도 아주 엄격하다. 배를 드러내면 안 되고 귀를 뚫어도 안 된다. 신발 굽은 4㎝를 넘지 않아야 한다. 반바지나 미니스커트도 안 된다. 가슴이 파인 옷은 물론 금지이고 민소매 톱도 안 된다. 2년 전, 평소 아주 착실했던 여학생 하나가 고딕 룩을 차려입고 왔다가 퇴학당했다.

학교에서 미니 콘서트가 열리는 것을 상상한다. 로버트와 지미가 셔츠를 풀어헤쳐 상반신을 드러내고 악마처럼 매혹적인 모습으로 단상 위에 올라가 카포렐을 비롯한 독실한 가톨릭 신자들 앞에서 다리를 흔드는 것이다. 틀림없이 수녀님들에게 강한 인상을 남길 것이다.

옷차림이 곧 그 사람의 등급이란 건 진리다. 특히 사춘기가 되어 여드름이 잔뜩 나고 코가 급속히 길어질 때는 특히 신경 써서 꾸미고 다니는 게 좋다. 나라고 존 본햄처럼 콧수염을 기른 아저씨 스타일을 좋아하는 건 아니지만 어떤 남자애들은 지나치게 유행을 쫓는 것 같다.

말은 이렇게 하지만, 어떤 남자애가 스키니가 아닌 후줄근한 바지를 입고 촌티를 풀풀 날리면 내가 제일 먼저 알아차린다. 그런 면에서 빅토르는 괜찮다. 겉모습에 신경을 쓰면서도 첫눈에 티가 나지 않도록 잘 입고 다니니까.

빅토르와 함께 다니면 자랑스럽다. 어른이 된 것 같고 사람들이 우리를 쳐다보는 것 같다. 나쁘지 않다.

별로 남자답지 않잖아?

134

파티는 마틸드라는 여자애 집에서 열렸다. 불쌍한 마틸드. 나라면 절대로 부모님과 같이 사는 집에서 파티를 열지 않을 것이다.

마틸드의 부모님은 집을 비우면서 마틸드에게 아파트를 맡겼다. 마틸드는 부모님을 안심시키면서 알아서 집을 잘 지킬 것이며, 친구 열 명 정도만 초대하겠다고 했다. 그러나 초대된 열 명은 각자 친구 몇 명을 더 불렀고, 그 친구들은 또 다른 친구들에게 연락했다. 휴대전화를 타고 순식간에 벌어진 일이었다. 밤 11시에는 이미 사람들이 꽉 들어찼고 아무한테나 문을 열어주었다. 가엾은 마틸드는 조금이라도 막아보려 했지만 실패했다. 하나같이 담배를 피워댔고 술도 마셨다. 맥주는 물론, 진이나 보드카처럼 더 센 것도 있었다. 밤이 깊어갈수록 집은 난장판이 되었다. 사람들은 잔뜩 흥분해서 춤추고, 술 마시고, 담배 피우고, 서로 키스했다.

처음에는 꽤 재미있었다. 그러다 빅토르가 보이지 않았다. 빅토르는 부엌에서 어떤 여자애와 시시덕거리고 있었다. 내가 끼어들자 여자애 쪽에서 나를 보고 가식적으로 웃었다. 확실히 해두기 위해 그 앞에서 빅토르에게 키스했다. 그러자 여자애는 다른 남자한테 꼬리를 치러 나가버렸다. 그런 뒤 빅토르에게 본때를 보여주려고 다른 남자애와 춤을 추었다. 담배를 피우며 맥주도 마셨다. 그리고 빅토르에게 달라붙어서 춤을 추었다.

그러다 어떤 여자가 친구의 남자 친구에게 키스했다. 자기 친구의 눈앞에서 벌인 일이었다. 친구는 울음을 터뜨리며 화장실에 틀어박혔다. 오줌이 급한 사람들이 문을 두들겨댔지만 여자애는 흐느끼기만 할 뿐 문은 열지 않았다. 그러자 남자애 하나가 문에다 오줌을 갈겼다. 방광이 터질 지경이었던 모양이다. 마틸드의 친구 중 하나가 오줌을 눈 애의 코를 주먹으로 쳤다. 바닥에 오줌과 피가 흥건했고 사방이 담배꽁초 천지였다. 마틸드의 부모님 방은 반쯤 벌거벗은 커플이 차지했고 남동생 방에는 누가 낙서까지 해놓았다. 잔뜩 취한 남자애 하나는 복도에 토했다. 아수라장이었다. 마틸드는 울음을 터뜨렸다.

　사람들은 싸우기 시작했다. 몇몇은 소지품을 챙기다 휴대전화를 도둑맞은 것을 알았다. 결국 마틸드는 오빠에게 전화했다. 마틸드의 오빠가 친구 두 명을 데리고 들이닥쳐 음악을 껐다. 마틸드 오빠는 머리끝까지 화가 치민 상태였다. 15분 만에 모두 쫓겨났다.

　빅토르는 나를 집으로 데려다주었다. 대문 안까지 들어와 키스를 하다가 내 가슴을 만졌다.

　솔직히 꽤 기분 좋았지만 들어갈 때가 되었다고 멈추었다. 자리에 누웠다. 너무 지쳐서 아이팟도 없이 푹 쓰러졌다.

아침에 일어나기 전, 〈피지컬 그래피티Physical Graffiti〉 앨범을 통째로 들었다. 최고다. 나는 기타 연주곡 '브론 어 아이어Bron-Yr-Aur'와 '텐 이어스 곤Ten Years Gone'을 좋아한다. '나이트 플라이트Night Flight'와 '블랙 컨트리 우먼Black Country Woman'도 좋다. 첫 번째 CD에서는 지미 페이지가 '인 마이 타임 오브 다잉In My Time Of Dying'의 기타 솔로에서 마음껏 기량을 뽐낸다.

이 두 장짜리 앨범에서는 로버트 플랜트의 목소리가 좀 이상하다. 어떤 곡에서는 고음부에서 목소리가 마법처럼 날아오르다가도 어떤 곡에서는 저음이 된다. 사실 이 앨범에 수록된 곡의 일부는 3집, 4집, 심지어 1973년에 발매된 5집 앨범 〈하우시즈 오브 더 홀리Houses Of The Holy〉를 준비할 때 녹음한 곡들을 재활용한 것이다(개인적으로 5집 앨범을 좋아하지 않아서 들을 때마다 다른 곡으로 넘겨버린다. 레드 제플린 같지 않다는 생각이 들어서다).

레드 제플린은 4년 동안 살인적인 스케줄을 소화하며 모든 열정을 쏟아부었다. 그러다 로버트 플랜트가 목소리를 잃고 말았다. 1973년, 레드 제플린이 정상을 차지하던 바로 그해 로버트가 성대 결절로 수술을 받았지만 당시에는 그 사실을 발표하지 않았다. 15년 뒤의 인터뷰에서 로버트 자신이 직접 그 사실을 밝혔다. 로버트의 목소리는 여전히 최고였지만 예전의 목소리는 두 번 다시 되찾지 못했다.

존 폴 존스가 밴드를 떠날 뻔한 것도 1973년의 일이었다. 1973년에 밴드에 처음으로 살해 위협이 들어왔다. 지미 페이지를 죽이겠다는 협박이었다. 호텔 금고에서 현금 20만 달러를 도둑맞은 것도 1973년이었다. 리처드 콜이 의심을 샀지만 혐의를 벗었다. 마약도 더 심해져 처음에는 주로 코카인을 흡입하던 것이 이제 헤로인으로 넘어갔다. 당연히 마약 조달에 있어서 언제나 유능한 리처드 콜 덕분이었다. 지미는 이후 마약에 중독되었다.

레드 제플린은 이중생활을 했다. 가족과 함께 보내는 생활과 투어에서의 생활이다. 힘들면서도 신 나고, 절제라는 개념이 아예 없는 생활이었다.

1974년에 레드 제플린은 직접 '스완 송Swan Song'이라는 레코드사를 세우고 음반을 발매한다. '백조의 노래'라는 뜻이다. 전설에 따르면 백조는 죽기 전에 마지막으로 노래를 하는데 그 노래가 무척 아름답다고 한다. 어딘가 이상하고 병적인 느낌이 드는 이름이다. 무언가 예고하는 것일까?

아드레날린의 수도꼭지를
잠글 수 없게 된 것
같았어요.

투어에서 돌아오면
물밖에 나온
물고기가 된
기분이에요.

아내와 집이
그리워요.

투어에 대한 레드 제플린의 생각

파티는 멋졌다. 하지만 예쁜 여자애가 너무 많았다. 빅토르가 예쁜 애들을 곁눈질하는 것을 눈치챘다. 뭐, 나도 다른 남자애들을 쳐다보니 별수 없다. 솔직히 빅토르와도 앞으로 어떻게 될지 모르니 허튼 기대는 하고 싶지 않다. 바닷가에서 축구공을 쫓아 뛰어다니던 폴과 그랬던 것처럼 말이다. 그때 나는 진심으로 사랑에 빠졌다. 하지만 안타깝게도 그쪽은 그렇지 않았다. 사랑에 빠지는 건 드문 일이다. 친구 중 어떤 애는 누군가를 자기 자신보다 좋아하게 되는 것이 사랑이라고 했다. 그 말이 맞다면 나는 빅토르를 사랑한다. 어쨌든 빅토르를 나 자신보다 좋아하니까.

엄마가 꼬치꼬치 캐묻는다.

그럼 짜증이 치민다. 엄마에게 할 말도 없다. 누구나 자기 인생이 있는 법이고, 난 엄마에게 새아버지와의 성생활을 캐묻지 않는다 (아마 그 주제에 대해서는 별 이야깃거리도 없을 거다). 엄마 아빠가 이혼하기 직전에 내 앞에서 말을 더 조심했으면 좋았을 것이다. 새아버지가 고용 불안에 대해 장황하게 늘어놓는 소리도 듣고 싶지 않다. 상황이 나쁘다는 건 잘 안다. 금융 위기는 악화되기만 하고 새아버지의 상태도 마찬가지다. 주가가 곤두박질칠 때마다 새아버지는 중얼거린다.

엄마가 올해 크리스마스에는 선물을 줄이겠다고 했다. 뭐, 상관 없다. 어른들이 웃는 모습이나 다시 보고 싶다.

지미는 수집광이었다. 아름다운 기타, 크롤리가 소유했던 물건들을 주로 모았다. 크롤리의 집도 마찬가지다. 가장 먼저 볼스킨 하우스를 샀고, 그다음엔 시칠리아에 있는 텔렘 수도원을 샀다.

1975년 7월 말, 로버트 플랜트와 아내 모린은 두 아이를 데리고 그리스의 로도스 섬으로 떠난다. 지미 페이지와 지미의 여자 친구 샤를로트 마르탱(어디까지나 공식 여자 친구로, 투어 중에는 가는 곳마다 다른 여자들이 있었다), 둘 사이에서 태어난 딸 스칼렛도 함께였다. 며칠 뒤 지미는 슬그머니 빠져나와 시칠리아의 어떤 건물을 보러 갔다. 농장 같은 건물의 옛 소유주는 물론 알리스터 크롤리였다. 건물 벽이 말을 할 수 있다면 그곳에서 일어난 일들을 열을 올리며 떠들어댈 것이다. 크롤리는 거기에서 오컬트적이고 문란한 파티를 수없이 열었다고 한다. 1922년에 크롤리의 제자 하나가 그

곳에서 목숨을 잃었고, 그 사건 때문에 크롤리는 시칠리아에서 추방되었다.

수도원이라고 불렸던 이곳에 대해 찾아보았다. 텔렘은 '나는 원한다'라는 뜻의 그리스어 '텔로^{Telo}'에서 따온 단어다. 라블레(프랑스 르네상스기의 작가—옮긴이)가 자신의 소설 『가르강튀아』에서 창조한 이상향이 텔렘 수도원이다. 쾌적한 성의 모습을 한 그곳에서는 소년 소녀들이 예술과 언어를 배우고 인문 교육을 받는다. 텔렘 수도원의 유일한 규칙은 "원하는 것을 행하라"이다. Do what thou wilt……. 아마 알리스터는 라블레를 높이 평가했을 것이다.

8월 4일, 지미가 텔렘 수도원을 사들이는 사이 플랜트 부부는 자기 아이들과 지미 페이지의 딸을 태우고 섬의 좁은 길로 차를 몰고 가다 추락했다. 아이들이 다치고 로버트의 다리는 심하게 부러졌다. 로버트의 아내, 모린은 혼수상태에 빠졌으며 수혈을 받아야 했다. 리처드 콜이 미친 사람처럼 이리 뛰고 저리 뛰어 모린을 구했다. 전용기를 섭외해 의사를 태우고 플랜트 부부를 영국으로 돌려보냈다.

모린 플랜트는 회복하기까지 몇 달이 걸렸다. 로버트 역시 몇 달을 휠체어에서 보내야 했다. 그리고 다시 루머가 퍼졌다. 크롤리를 숭배한 지미가 불운을 끌어들였다는 것이다.

납 비행선이 고장났다.

깁슨은 지미 페이지를 위한
기타 제작을 재개했다.
지미 페이지는 이 기타로
'스테어웨이 투 헤븐'을
연주했다.

이 기타는 무지 비싸다.
깁슨에서 이 기타의 복제품을 팔고 있다.

미국 금융계 회사에서 일하던 어떤 임원이 자기 가족을 전부 죽이고 자살했다. 새아버지도 금융계에서 일하는 데다 임원이다. 불안하다. 요즘 새아버지가 이상해졌다. 나한테 점점 잘해주고 전보다 말도 많이 건다. 어제 저녁에는 커다란 병에 든 위스키를 따라 마시면서 이런저런 얘기를 늘어놓는데, 도저히 막을 수가 없었다.

입도 뻥긋하지 않고 듣기만 했다. 한마디도 끼어들 수 없어서 결국 이렇게만 말했다.

걱정 마세요, 잘될 거예요.

응아. 나는 시럽짜 구제 쎈타로 가야 할 꺼야. 교도소에 가야 할찌도 모르지.

음악을 좀 들어보세요. 그럼 기분이 나아질 거예요.

구꿰, 구거 만덪네. 헤사메 가서 예쒸더쒸나 쾅쾅 트러야지.

나는 비러머근 '지오그로 가는 고속도로'* 위에 이쓰니까.

그래요, 그러던지요.

*AC/DC의 노래 '하이웨이 투 헬Highway To Hell'을 말함.

난 방으로 돌아왔다. 새아버지 말이 맞다. 내가 열중할 수 있는 일을 찾아야 한다. 나 참, 말은 쉽다. 도대체 그게 뭘까? 음악 감상, 레드 제플린에 대해 많이 아는 것? 이런 건 직업이 아니다. 예전에는 책을 많이 읽었는데 지금은 그때처럼 많이 읽지는 못한다. 학교에서 읽는 책만으로도 벅찬데다 끝까지 읽기도 힘들다. 쥘 베른의 『황제의 밀사』를 억지로 읽어야 했는데 완전 지루했다. 가장 싫은 것은 읽고난 감상을 말하고 내용에 대해 주절주절 떠들어야 한다는 것이다. 게다가 원래 우리 프랑스어 선생님은 멋졌는데 출산휴가를 가셨다. 후임으로 온 선생님은 완전 꽝에다 심지어 맞춤법까지 틀린다. 저번에는 칠판에 '교훈'을 '교운'이라고 썼다. 맙소사, 부끄럽지도 않나?

빅토르는 수업 시간에 문자를 보낸다. 빅토르라는 것을 아니까 주머니 속에서 휴대전화가 진동할 때마다 짜릿한 느낌이 든다. 하지만 수업이 끝날 때까지 기다렸다가 확인한다. 한 번 더 걸리면 골치 아파질 것이다. 카포렐을 상대하는 것은 물론 집에서도 말이다. 난 바보가 아니다. 이번 주말에 외출을 금지당하고 싶진 않다. 알리스와 마르고, 다른 여자 친구들과 함께 작은 파티에 갈 것이다 (그렇다, 엄마 말마따나 '또'다). 그리고 물론 빅토르도 같이 간다.

책을 읽는 목적: 재미와 교운

진짜로 선생님이 '교훈'을 '교운'이라고 썼다니까!

털이라면 지긋지긋하다. 숙녀가 되면 털을 관리하는 것이 진짜 고역이다. 어떤 애들은 다리 털을 면도기로 깎는데 그러면 조그맣고 빨간 점들이 생겨서 흉하다. 엄마가 제모 왁스 사용하는 법을 알려주었다. 처음에는 끔찍하게 아팠다.

겨드랑이 털은 면도기로 깎는데 이틀만 지나면 다시 자란다. 가장 골칫거리는 인중에 나는 잔털이다. 탈색해봤자 고작 일주일밖에 안 간다. 이럴 때는 여자라는 것이 지긋지긋하다. 생리는 말할 것도 없다. 배 아프지, 뾰루지 나지, 가슴은 납작해지고 똥배도 나온다.

알리스와 둘이서 제모를 했다. 내가 알리스 다리를 제모해주고 알리스가 내 다리를 해주면 좀 덜 아픈 것 같다. 그러면서 서로 깔깔댄다. 알리스는 정말 소중하다. 빅토르와 데이트하게 된 뒤로 알리스를 만나는 횟수가 조금 줄었다. 하지만 빅토르와 너무 자주 만나고 싶지는 않다. 할 말이 없어질까봐 걱정도 되고, 만나지 못해 조금은 애태울 필요도 있다. 남자애들이란 만나고 싶다는 대로 아무 때나 다 만나주면 도망친다는 것을 깨달았다. 빅토르에게 너 없는 생활도 있다는 걸 보여주고 싶다. 그리고 난 여자 친구들과 다니는 걸 좋아한다. 옷 가게에서 옷을 입어보고는 아무것도 사지 않고 장난치며 깔깔 웃기도 한다. 지난번에는 코르셋을 입어보았다.

토요일에는 딱 붙는 짧은 검정 블라우스를 입을 것이다. 내가 가진 섹시 아이템 중 하나다. 다리도 매끈매끈하다.

도무지 이해할 수 없는 일이 하나 있다. 날마다 정부에서 도산 은행에 수십억 달러를 쏟아부으며 자금을 지원해준다는 뉴스가 흘러나온다. 그런데 그 수십억 달러는 어디에서 난 걸까? 보통은 은행에 있을 것이다. 그런데 은행이 도산 직전이라면 돈이 없지 않을까? 누가 속 시원하게 설명해줬으면 좋겠어서 새아버지에게 물어봤더니 땅이 꺼져라 한숨만 쉬었다.

지금 이 사회는 돈더미 위에 세워져 있어.

신기루야.

그런데 그 돈은 바람 같은 거야. 가상의 돈이지.

한마디로 우리 세계는 신기루 위에 세워진 거야.

어쩐지 '스테어웨이 투 헤븐Stairway To Heaven'의 가사가 떠오른다.

There's a lady who's sure all that glitters is gold.
And she's buying a stairway to heaven.
When she gets there she knows
if the stores are all closed,
With a word she can get what she came for.
......

Dear lady, can you hear the wind blow, and did you know,
Your stairway lies on the whispering wind.
......

해석하면 이렇다.
　빛나는 것은 모두 금이라고 믿는 숙녀가 있어,
　그녀는 천국으로 가는 계단을 사지.
　모든 가게가 문을 닫아도 그곳에 가면
　말 한마디로 구하러 온 것을 얻을 수 있다는 것을 알아.
　......

　친애하는 숙녀여, 바람 부는 소리를 들을 수 있나요.
　당신의 계단은 속삭이는 바람 위에 놓여 있다는 것을 알았나요.
　......

레드 제플린을 무너뜨린 것은 돈이었을까? 레드 제플린의 투어는 수십억 달러를 안겨주었다. 그리고 에너지를 바닥냈다.

I've got to keep on moving
Blues falling down like hail
And the days keep on worryin' me
There's a hellhound on my trail

로버트 존슨은 늘 떠돌아다니며 '헬하운드 온 마이 트레일Hellhound On My Trail'을 불렀다.

나는 계속 여행해야 하네.

블루스가 우박처럼 쏟아지네.

매일같이 불안이 이어지네.

지옥의 개가 내 뒤를 쫓고 있으니.

그리고 로버트 플랜트는 '노바디스 폴트 벗 마인Nobody's Fault But

Mine'에서 노래한다.

Nobody's fault but mine
Try to save my soul to light
It's nobody's fault but mine
Devil, he told me to roll
The Devil, he told me to roll
How to roll but not collide
It's nobody's fault but mine

누구의 잘못도 아닌 내 잘못일 뿐

빛을 향해 내 영혼을 구원하려 해

그것은 누구의 잘못도 아닌 내 잘못일 뿐

악마가 나에게 떠돌라 했어

악마가 나에게 떠돌라 했어

추락하지 않고 떠도는 법을 말해주었어

그것은 누구의 잘못도 아닌 내 잘못일 뿐

이 곡은 1976년에 발매된 〈프레즌스Presence〉 앨범에 수록되었다. 원곡은 블라인드 윌리 존슨의 오래된 블루스로, 원래 가사는 신앙과 성경에 대한 것인데 로버트가 약간 바꿨다.

1977년, 레드 제플린은 또다시 미국 투어를 떠나기로 했다. 그런데 이때는 정말 지옥의 개가 쫓아다니는 것 같았다.

로버트의 성대에 또 문제가 생겨 투어가 연기된 것이다. 헤로인에 중독된 지미는 점점 더 망가졌다. 나흘 동안 깨어 있다가 24시간을 내리 잔다. 1977년 4월 시카고에서는 나치 장교 모자를 쓰고 무대에 나타나 물의를 빚었다. 지미, 대체 왜 그런 짓을 한 거예요? 이 사건에 대해 지미는 결코 해명하지 않았다. 분명한 것은 지미의 마약 중독이 점점 더 심해졌다는 사실이다. 어느 날 저녁에는 1시간 만에 공연이 중단되기도 했다. 위경련이 일어나 지미가 계속 연주할 수 있는 상태가 아니었기 때문이다. 어느 날은 비행기에서 내리다가 넘어졌다.

본햄은 점점 더 술을 퍼마셨다. 7월에는 본햄과 콜, 그랜트가 또 폭력 사건에 휘말렸다. 한 젊은이를 세 명이서 흠씬 두들겨 팬 것이다. 피터 그랜트의 아들에게 대형 레드 제플린 스티커를 주지 않았다는 것이 이유였다. 고소와 소송이 이어졌다.

하지만 최악의 사건이 기다리고 있었다. 7월 말 로버트 플랜트는 모린의 전화를 받았다. 로버트의 6살 난 아들 캐락이 급성 바이러스 감염으로 죽었다는 소식이었다. 로버트는 본조, 콜과 함께 영국으로 돌아갔다. 투어는 물론 중단되었다. 지미 페이지, 존 폴 존스, 피터 그랜트 모두 캐락의 장례식에 참석하지 않았다. 형편없는 인간들이다. 지금쯤 로버트는 그 친구들을 용서했을까? 모르겠다. 나는 그날 레드 제플린이 죽었다고 생각한다.

가엘네 파티는 멋졌다. 가엾은 마틸드네 파티보다 훨씬 차분했다. 사람들은 주로 대화를 나눴고 춤은 별로 추지 않았다. 무지 귀여운 남자애가 있었는데 이름이 톰이었다. 여자애 다섯이 한꺼번에 달라붙었다(그중엔 알리스도 있었다). 나는 여자애들이 톰에게 다가가 말을 걸거나 스치기라도 하려고 애쓰는 모습을 지켜보았다. 톰은 그런 상황이 완전히 익숙한 것처럼 보였다.

어느 순간 빅토르가 나가서 걷지 않겠냐고 물었다.

걷자니, 어디를?

몰라. 어쨌든 너와 단둘이 있고 싶어.

나는 좋다고 했다. 원래 그날 가엘네 집에서 자는 것으로 되어 있었지만 어쩔 수 없었다. 어떻게든 되겠지. 나는 새아버지의 충고에 따르는 것뿐이다. 젊음을 즐겨라. 분부대로 하겠습니다, 대장님!

밖으로 나가니 날씨가 좋았다. 빅토르와 단둘이 있게 되어 기뻤다. 소풍이라도 나온 것 같았다. 지하철을 타고 퐁마리 다리까지 가서 다리 밑을 지나다니는 배들을 구경하다가 강가로 내려갔다. 우리는 벤치에 앉아 말없이 서로 바라보았다. 턱수염도 없으면서 서로 턱수염이라도 움켜잡고 있는 것처럼 말이다. 빅토르의 눈에 장난기가 살짝 비쳤다. 5분 만에 내가 깔깔 웃음을 터뜨렸다.

빅토르는 나에게 닥치는 대로 키스하기 시작했다. 내가 더 크게 웃자 빅토르는 나를 간질였다. 사실은 진한 스킨십이었다. 입술에 키스하는 바람에 웃음이 멈췄다. 빅토르는 내 블라우스 단추를 풀고 가슴을 만졌다. 스킨십이 격렬해지기 시작했다. 우리는 벤치에 누웠고, 빅토르가 발기한 것이 느껴졌다. 나는 속으로 생각했다. 이제 어떻게 되는 거지? 벤치 위에서 할 순 없잖아! 게다가 지나가는 사람들의 웃음소리가 들렸다. 벤치는 차갑고 딱딱했지만, 그래도 빅토르와 함께 계속 누워 있고 싶었다.

빅토르는 내게 남자와 잔 적이 있는지 묻지 않았다. 아마 답을 알고 있을 것이다. 빅토르는 처음이 아닐 거다. 발 닿는 대로 조금 더 걷다가 빅토르가 집에 데려다주었다. 우리는 대문 안에서 또 키스했다. 그때 빅토르가 내 바지 단추를 풀고 엉덩이를 만졌다. 확실히 느껴졌다. 빅토르가 그런 짓을 할 때면 멈췄으면 좋겠다고 생각하면서도 한편으로는 계속했으면 한다. 조금 무섭지만 기분은 좋다.

나는 침대 속에서 '왓 이스 앤드 왓 슈드 네버 비What Is And What Should Never Be'를 들었다. 내 가슴을 만져보다가 빅토르가 내 생각을 하면서 마스터베이션을 하고 있을지 궁금해졌다. 1시간이나 뒤척이다 겨우 잠들었다.

다음 날 나는 아무것도 하지 않고 계속 빅토르 생각만 했다. 식탁에서 엄마가 나한테 뭔가 물어봤는데, 하필 빅토르가 내 바지 단추를 풀던 때를 떠올리고 있었다. 그래서 얼굴을 붉히며 엄마한테 뭐라고 했냐고 되물을 수밖에 없었다.

빅토르가 문자를 세 개나 보냈다. 첫 번째 문자에서는 보고 싶다고 했다. 두 번째에는 키스하고 싶다고 했다. 세 번째에는 날 원한다고 했다. 처음 두 번까지는 "나도"라고 보냈지만 세 번째 문자에는 뭐라고 답해야 할지 알 수 없었다.

그래서 빅토르에게 언제 만날 수 있는지 물었다. 그러자 수요일 오후에 자기 집에 들르면 된다고 답장이 왔다.

지티오의 미스 파멜라

샤를로트 마르탱

르러 매덕스

이름 없는 팬들......

베베 뷰엘

지미 페이지는 영계를 좋아했다. 수많은 애인들 모두 둘째가라면 서러울 미인이었다. 우선 지티오의 예쁜 그루피 미스 파멜라가 있고, 프랑스 출신 모델 샤를로트 마르탱과는 딸까지 낳았다. 그다음 로리 매덕스는 갈색 머리가 예뻤는데, 지미가 애인으로 삼았을 때 겨우 16살이었다. 내 나이밖에 안 되었을 때였다.

톱 모델 베베 뷰엘 외에도 지미의 애인은 수두룩했다. 그 여자들은 하나같이 홀딱 반해 지미를 낭만적이고 환상적이며 굉장한 연인이라고 칭송했다.

이렇게 말하면 잘난 척하는 것처럼 보일지 모르지만, 나라면 첫 경험을 지미 페이지와 하고 싶지는 않을 것이다(물론 지금의 늙은 지미 페이지가 아니라 26살의 지미 페이지를 말하는 것이다). 솔직히 죽도록 겁이 날 테니까 말이다. 록 스타보다는 살짝 여드름이 난 내 또래가 더 낫다. 물론 쓸데없는 걱정이긴 하다. 세계적인 록 스타가 나한테 관심을 가질 가능성이라고는 전혀 없다. 그리고 로리 매덕스는 누가 봐도 나보다 예쁘게 생겼다.

빅토르와도 잘 안 될지 모르지만 적어도 수준은 서로 비슷하다. 그편이 훨씬 더 안심되지 않을까? 아무튼 정말 보통 일이 아니다.

아주 어리고 끝내주게 예쁜
로리 매덕스

엄마가 심상치 않다. 눈살을 찌푸리며 내 머릿속을 꿰뚫어보는 듯한 눈으로 살펴봐서 신경이 곤두선다. 엄마한테는 어떤 육감이 있는 게 분명하다. 슬쩍슬쩍 의미심장한 말을 흘리는데, 예를 들면 이런 거다.

엄마가 이 노트를 읽었을 리는 없다. 서랍 깊숙이 다른 노트들 밑에 감춰둔 데다 맨 위에 머리카락 한 올을 올려놓아 누가 손을 대지 않았는지 확인하기 때문이다.

엄마는 가끔 나를 잡아두려는 듯이 두 팔로 꽉 껴안아서 나를 숨막히게 한다.

엄마 때문에 성가신 일이 많긴 해도 설거지를 하느라 말 없이 싱크대 위로 구부정하게 서 있을 때면 내가 먼저 엄마를 껴안고 싶어진다. 그럴 때마다 참는데 솔직히 이유는 잘 모르겠다. 가끔씩 엄마에게 빅토르에 대해 털어놓고 싶을 때도 있지만 입을 다문다. 그러는 편이 낫다.

빅토르네 가기 전에 머리를 빗고 이도 닦았다. 샤워까지 했다. 자꾸만 소변을 보러 갔다. 밖으로 나와 서둘러 걷다가 걸음을 늦추었다. 별로 서둘러 도착할 필요는 없다는 듯이 말이다. 빅토르네 집 앞에 서자 가슴이 미친 듯이 뛰어서 그대로 집으로 돌아가고 싶었다. 하지만 결국 벨을 눌렀다. 빅토르가 활짝 웃으며 문을 열어주더니 나에게 키스했다. 빅토르는 혼자였다. 우리 집도 수요일 오후에는 마찬가지다. 부모님은 출근하고 동생은 유아원에 가 있다. 우리는 빅토르 방으로 갔다. 빅토르가 데이비드 보위의 CD를 틀었다. 빅토르는 침대에 앉았고 나는 CD를 구경하며 데이비드 보위에 대해 이것저것 묻기 시작했다. 평소 빅토르는 데이비드 보위에 대해 이야기하는 걸 좋아하는데 오늘은 별로 말이 없고 자꾸만 침대로 와서 자기 옆에 앉으라고 했다. 빅토르가 나에게 키스하자 아무 상관없는 생각들이 뒤죽박죽 떠올랐다. 학교에서 보낸 오전 시간,

171

카포렐, 숙제……. 신경이 곤두섰지만 바보 같은 생각들을 멈출 수가 없었다. 빅토르가 콜라를 마시겠냐고 물어서 좋다고 대답하고 함께 주방으로 갔다. 빅토르는 콜라를 따라주고 자기는 맥주를 마셨다. 나에게도 권했지만 마시고 싶지 않았다. 맥주는 별로다. 우리는 학교 이야기를 나눴다. 빅토르는 사립학교에 다니지 않는다. 그래서 카포렐의 업적들을 이야기해줘도 믿지 않는다.

방으로 돌아오자마자 빅토르가 내 블라우스 단추를 풀었다. 난 빅토르의 셔츠 단추를 풀기 시작했다. 그다음에 빅토르는 내 바지 단추를 풀었다. 내가 빅토르의 바지 단추를 제대로 풀지 못하자 빅토르는 스스로 바지를 벗더니 내 바지와 브래지어까지 벗겼다. 우리는 이불 속에 들어갔다. 빅토르는 팬티만 입고 있었고 나도 마찬가지였다. 빅토르는 내 팬티가 예쁘다고 했다.

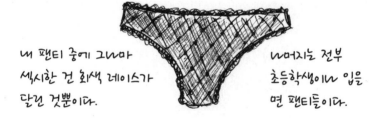

내 팬티 중에 그나마 섹시한 건 회색 레이스가 달린 것뿐이다.

나머지는 전부 초등학생이나 입을 면 팬티들이다.

빅토르가 키스하면서 내 가슴과 배, 허벅지, 엉덩이를 만졌다. 나는 주로 빅토르의 등을 쓸었다. 내 팬티를 벗기면서 싫으면 오늘은 서로 만지기만 하자고 하기에 그러자고 했다. 조금 차분해지자 빅토르의 팬티에 손을 올리고 천 위로 어루만졌다.

얼마나 오랫동안 침대 속에서 그러고 있었는지 잘 모르겠다. 우리는 다시 주방으로 가서 포테이토칩 한 봉지를 해치웠다. 둘 다 팬티 바람에다가 나는 블라우스만 걸치고 있었다.

집으로 돌아올 때는 '텐 이어스 곤Ten Years Gone'을 들으며 길을 걸었다. 둥둥 떠다니는 기분이었다. 나는 길에서 음악을 듣는 걸 좋아한다. 길거리 소음에 시달리지도 않고, 주변의 사람과 사물이 달라 보인다. 뮤직비디오 안에 들어가 돌아다니면 이런 느낌이 들지 않을까?

엄마가 오늘은 뭘 했는지 물어서 오후 내내 공부했다고 대답했다. 때마침 동생이 까르르 웃음을 터뜨렸다. 동생을 무릎 위에 앉히고 함께 웃었다. 동생은 더욱 깔깔 웃어댔고 나도 웃음을 멈출 수 없었다. 그랬더니 새아버지도 웃기 시작했다. 새아버지가 웃는 모습을 본 지 까마득했기 때문에 엄마도 기분이 좋아졌고 결국은 모두가 깔깔 웃었다.

멋진 하루다.

오늘도 변함없이 카포렐이 복도에서 소리를 지른다. 아이팟만 있었다면 '램블 온Ramble On'을 크게 들으며 카포렐이 입 냄새를 풀 풀 풍기며 징그러운 입을 뻐끔거리는 꼴을 구경할 수 있었을 것이다. 에이, 완전 근사한 뮤직비디오가 되었을 텐데. 그리고 카포렐에게 목이 터져라 후렴을 불러줬을 거다.

하지만 학교에 아이팟을 가져오는 것은 금지다. 일주일이나 아이팟을 압수당하기는 싫다. 어쨌거나 나는 카포렐을 신경 쓰지 않는다. 마주치더라도 아예 쳐다보지 않고, 심지어는 생긋 웃어줄 수도 있다. 저 지긋지긋한 얼굴을 보는 것도 올해가 마지막이다. 내년에도 카포렐은 여전히 여기 있겠지. 구석구석 알고 있는 똑같은 복도에서 똑같은 대사를 외치며 말이다. 그리고 난 다른 곳에 있을 거다. 공립 고등학교로 옮길 테니까. 금융 위기 만세!

* 모험을 떠나자!
지금이 그때다. 바로 지금이다.
내 노래를 부를 때다.
나는 세계일주를 떠날 것이다.

레드 제플린의 콘서트 DVD를 다시 보았다. 1979년 8월 영국의 넵워스 공연에서 지미 페이지는 비쩍 마른 모습으로 등장한다. 파란 셔츠와 다트가 들어간 흰 바지에 사람이 파묻힌 것 같다. 로버트는 여전히 잘생겼지만 얼굴이 상했다. 존 본햄은 살이 쪘다. 존 폴 존스는 흰 양복을 입었는데 역시 나이가 들었다. 마법은 사라졌다.

로도스 섬 사고 전이었던 1975년 5월의 영국 얼스 코트 콘서트 이후 4년이 흘렀다. 두 공연 다 볼 수 있었던 영국인들은 그 차이를 알아챘다. 그 사이에는 불운했던 4년이 존재한다. 그리고 불운은 끝나지 않았다.

로버트의 아들이 죽은 뒤 악질적인 루머가 더욱 기승을 부렸다. 지미, 크롤리, 흑마술……. 레드 제플린은 저주받은 밴드일까? 밴드 해체설은 말할 것도 없다. 로버트는 아들을 잃었고, 레드 제플린은 정체 상태에 빠졌다.

1979년 1월에 로버트 플랜트와 모린의 아들 로건 로메로가 태어났다. 로버트가 기운을 차리고, 레드 제플린은 대대적으로 컴백을 선언했다. 그러나 2년 동안 연주를 하지 않았고, 덴마크에서의 콘서트는 두 번 다 참담했다. 넵워스에서도 최고와는 거리가 멀었다. 8월 15일, 〈인 스루 디 아웃 도어In Through The Out Door〉 앨범을 발표했다. 그 앨범은 어쩐지 별로 사고 싶지 않다. 마지막이라는 느낌이 들 것 같아서다. 비행선에 납이 너무 많이 실린 걸까.

리처드 콜은 헤로인 중독이 심해졌다. 피터 그랜트에게 해고된 뒤 이탈리아로 떠났다가 마약 소지죄로 수감되었다. 중독자는 콜뿐이 아니었다. 지미 페이지, 피터 그랜트, 존 본햄도 모조리 마약에 중독되었다. 본조는 중독 치료를 시작하지만 마약을 못하게 되자 술이 늘었다.

그러는 사이 펑크가 유행했다. 클래시, 섹스 피스톨즈……. 이제 레드 제플린의 시대는 갔다.

1980년, 밴드는 다시 유럽 투어를 떠나 독일에서 공연을 한다. 어느 날 저녁 세 곡을 연주하고 본조가 정신을 잃었다. 1980년 7월 7일 베를린 공연이 레드 제플린의 마지막 콘서트였다.

1980년 9월 24일, 존 본햄이 자기 토사물에 질식해서 숨을 거두었다. 전날 밤낮을 가리지 않고 온종일 보드카를 마신 탓이다. 윈저 근처에 있는 지미 페이지의 집에서 한차례 연습을 마친 뒤였다. 당시 33세였다.

레드 제플린은 지미 페이지, 존 폴 존스, 로버트 플랜트, 존 본햄, 그리고 한가운데 피터 그랜트가 있는 정사각형이었다. 그런데 본햄이 죽다니. 레드 제플린이 해체된다. 비행선이 박살난다.

존, 평화롭게 잠들어요……

In the days of my youth
I was told what it means to be a man
Now I've reached that age
I've tried to do all those things the best I can
No matter how I try
I find my way into the same old jam
Good times, bad times,
You know I had my share
...

레드 제플린의 삶은 롤러코스터 같았다.

'굿 타임스 배드 타임스Good Times Bad Times'. 2007년 12월 10일, 레드 제플린은 이 곡으로 공연을 시작했다. 드럼은 본조의 아들 제이슨 본햄이 맡았다. 얼마나 어깨가 무거웠을지 상상도 할 수 없다. 아버지와 견줄 만한 수준에 이르기까지 쉽지 않았을 것이다.

그 많은 사건들을 거친 뒤, 이 가사는 1969년 음반이 발매되었을 당시와는 그 의미가 달라졌다.

나 어릴 때, 어른이 된다는 게 무슨 뜻인지 들었지.
지금 나는 그 나이가 되었고, 최선을 다해 살아왔네.
아무리 애를 써도 오래된 진창에서 길을 찾는 건 언제나 같아.
좋을 때도 있고 나쁠 때도 있어,
나도 내 몫을 받았다는 걸 알겠지……

확실히 로버트는 끔찍한 시간을 겪었다. 그 모든 우울한 기억들을 다시 휘젓기 싫어하는 것도 이해된다. 로버트는 옛 동료들과 함께 다시 투어를 다니는 데 시큰둥하다. 게다가 이미 다른 일도 하고 있다. 지미 페이지는 존 폴 존스, 제이슨 본햄과 다시 뭉쳐 새로운 곡을 녹음하고 투어를 떠나고 싶어 했다. 다른 보컬까지 찾아보았다. 하지만 로버트가 없는 레드 제플린이라니? 내 생각에도 불가능할 것 같다. 하기야 최근 소식으로는 지미도 포기했다고 한다. 로버트를 대신할 보컬을 찾아내지 못한 것이다. 놀랄 일도 아니다. 로버트의 목소리는 록 역사상 가장 아름다운 목소리니까.

인터넷에서 1990년 「록 앤드 포크」에 실린 필립 마뇌브르의 지미 페이지 인터뷰를 읽었다. 지미는 1985년 레드 제플린이 시크의 드러머 토니 톰슨과 함께한 라이브 에이드 콘서트 얼마 뒤에 지미 페이지, 로버트 플랜트, 존 폴 존스, 토니 톰슨이 다시 만났다고 밝혔다. 조금이지만 함께 연습했고, 둘째 날에는 꽤 근사해졌다. 느낌이 좋았지만, 셋째 날 토니 톰슨이 자기 소유의 페라리를 타고 가다 벽을 들이받아 다리가 부러졌다.

솔직히 나도 모르게 오래된 미신이 떠올랐어요. 나뿐 아니라 다들 그런 느낌이 들었는지 '어라?' 하고 서로 쳐다봤지요. 먹구름이 우리를 따라다니는 것 같았어요.

하지만 그 먹구름은 늘 제플린 신화의 일부였지요. 당신도 한때 흑마술에 빠지지 않았나요?

네, 나는 그 구름이 아주 멋지다고 생각했거든요.

결국엔 레드 제플린 역시 스스로 그 빌어먹을 저주를 믿은 게 아닐까 하는 생각이 든다. 악마와의 계약이라는 전설을 만든 로버트 존슨도 자기가 만든 전설을 처치 곤란한 짐처럼 끌고 다녔을까? 존슨 스스로도 지옥의 개가 자기 뒤를 바짝 쫓아오고 있다는 이야기를 믿었던 건 아닐까?

사람들은 수학 공식처럼 모든 것이 딱 떨어지기를 바란다. 그래야 마음이 놓이기 때문이다.

하지만 답은 없다. 온통 의문들뿐이다.

I don't know what to say about it
When all your ears have turned away
But now's the time to look and look again at what you see
Is that the way it ought to stay?

That's the way ... That's the way it oughtta be
Oh don't you know now, mama said
That's the way it's gonna stay, yeah.

뉴스를 봤다. 유럽 국가들이 1조 7천억 유로를 풀어 은행들을 구제할 계획이란다. 미국은 7천억 달러를 푼다고 했다. 5백억 달러만 있으면 세계의 기아를 완전히 없앨 수 있다고 한다. 5초마다 어린이 한 명이 굶어 죽고 있다.

더 이상 이 부패한 세상의 소식들을 듣고 싶지 않다. 나는 눈을 감고 헤드폰으로 귀를 막는다. 볼륨을 최대로 올리고 '대츠 더 웨이That's The Way'를 듣는다.

뭐라고 해야 할지 모르겠어.
네가 듣지 않으려 할 때는.
하지만 지금은 네 눈앞에 놓인 것을 보고 또 봐야 할 때야.
이런 식으로 계속되어야 할까?
그래, 맞아…… 이런 식으로 되어야 해.
오, 너는 아직도 모르겠니, 엄마가 그랬잖아……
이런 식으로 계속될 거야.

부모님 사이가 나빠졌을 때, 나는 밤마다 울며 기도했다. 문제가 잘 해결되어 부모님이 계속 함께 살게 해달라고. 하지만 엄마 아빠는 끝내 이혼했다. 2년 전에는 동생이 많이 아팠다. 폐렴에 걸려 열이 41도까지 올라, 얼굴은 백지장처럼 창백해지고 몸이 헝겊 인형처럼 축 늘어졌다. 다들 동생이 죽을 줄 알았다. 엄마는 제정신이 아니었다. 나는 또 기도했고, 동생은 나았다.

많은 사람들이 인생에서 자기 힘으로 어쩔 수 없는 일에 부딪혔을 때 기도가 필요하다고 느낀다. 그래서 기도를 한다. 할 수 있는 일이라곤 기도뿐이니까.

신을 꼭 믿어야 하는지는 잘 모르겠다. 하루는 믿다가도 그다음 날은 전혀 믿지 않게 된다. 다만 내가 아는 것은 살기 위해 나에게는 음악이 필요하다는 것뿐이다. 음악이 신의 선물인지 그 동료인 악마의 저주인지는 상관없다. 가스펠을 들으면 전기가 오르는 것 같다. 블루스를 들어도 마찬가지다. 온몸의 털이 쭈뼛 선다. 음악은 삶의 기쁨과 고통을 함께 전한다. 그리고 지금 처해 있는 상황에서 벗어날 수 있다는 희망과 절망을 동시에 보여준다. 내가 레드 제플린을 좋아하기 시작했을 때는 가사의 의미를 하나도 몰랐고 지미가 알리스터 크롤리에게 빠져 있었다는 사실도 몰랐다. 다만 레드 제플린의 음악이 지금까지 들어본 것 중에 가장 강렬하다고 생각했을 뿐이다. 지금은 레드 제플린이 매우 오컬트적인 밴드라는 것을 알고 있다. 그렇다고 '이미그런트 송Immigrant Song'이나 '블랙 도그Black Dog'를 크게 틀어놓을 때의 느낌이 조금이라도 달라지는 건 아니다. 레드 제플린의 노래들은 내 머리를 후려쳐 살고 싶은 마음이 들게 만든다. 중요한 건 그뿐이다.

내가 사랑하는 밴드에 대해 흥미로운 사실을 잔뜩 알게 되었다. 재미있는 일, 슬픈 일, 매혹적인 일, 으스스한 일, 때로는 그다지 근사하지 않은 일도 있었다. 그러나 그 또한 레드 제플린의 일부다. 지미나 다른 멤버들은 신이 아니다. 악마도 아니다. 자신의 정열에 모든 것을 바친, 죽을 운명인 평범한 인간일 뿐이다. 나는 레드 제플린이 음악에 담은 정열을 일종의 신앙이라고 생각한다. 그리고 우리는 신도 악마도 아닌 다른 무언가에 신앙을 가질 수 있다.

　알리스가 빅토르와 내가 대체 뭘 하는지 자세히 이야기해 달라고 졸랐다. 얘기해주는 대신 아무한테도 말하지 말라고 했다. 잠자리 이야기는 위험하기 때문이다. 알리스는 무슨 일이 있어도 비밀을 지키겠다고 맹세했다. 사실 알리스에게는 털어놔도 된다는 걸 나도 안다. 하지만 전부 다 말해주지는 않았다. 여자들은 남자들에 대해 야한 이야기를 하고, 남자들도 여자들을 두고 똑같은 짓을 한다. 남자애들이 종종 허세를 부리느라 없는 이야기까지 지어내 덧붙이는 것만 빼고 말이다. 나는 빅토르가 자기 친구들에게 우리의 오후에 대해 세세히 떠벌리지 않길 바란다. 그러면 정말 실망할 거다. 만에 하나 빅토르가 그랬다는 걸 알게 되면 작별 인사 대신 급소를 힘껏 걷어차줄 거다.

　우리는 여전히 수요일에 만난다. 지난주에는 빅토르가 머리맡

탁자로 쓰는 작은 앉은뱅이 의자 위에 놓인 콘돔을 보았지만 못 본 척했다. 지금은 빅토르의 바지 단추를 훨씬 능숙하게 풀게 되었다. 팬티도 꽤 잘 벗길 수 있다. 사실 전에는 상상도 못하던 일들까지 할 수 있게 되었다. 이제 겁나지 않는다.

자전거 타는 법을 배울 때가 생각난다. 넘어질까 겁을 내자 처음에는 아빠가 뒤에서 자전거를 잡아주었다. 그러다 어느 날 아빠는 잡고 있는 척하면서 몰래 손을 놓아버렸다. 그때부터 혼자 자전거를 탈 수 있게 되었다. 그 뒤로는 자전거 타기가 훨씬 쉽게 느껴졌다. 나는 자전거를 타기 위해 태어난 것 같다는 생각까지 들었다. 전에는 왜 무서워했는지 이해가 되지 않는다.

사실 이런 단순 비교는 의미가 없다. 사랑하는 법을 가르쳐준 사람은 아빠가 아닌 데다 확실히 이쪽이 자전거보다 좋다. 물론 처음은 예외다. 자전거도 처음에는 넘어질까 불안해서 페달이니 핸들이니 신경이 곤두서니까. 하지만 그다음부터는 날씨가 좋을 때 고개를 똑바로 들고 비탈을 내려가는 기분을 즐기게 된다.

살아 있다는 느낌이 기쁘다. 그래서 소리치고 싶어진다.

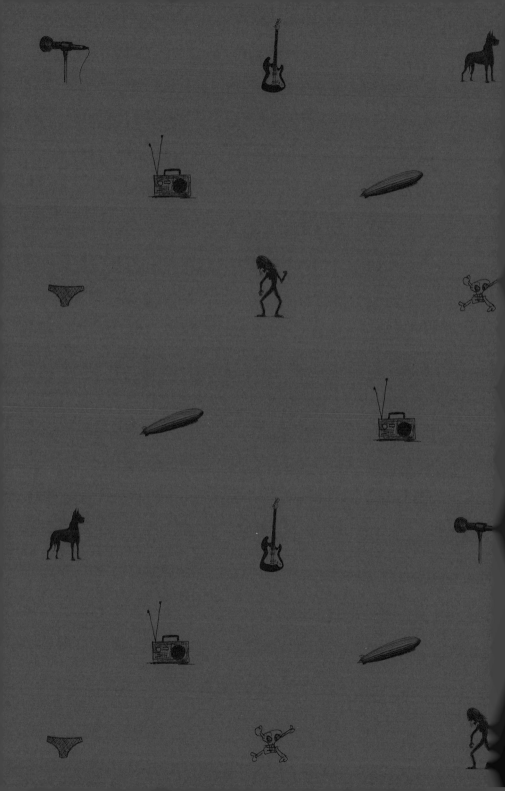

1973년 프랑스에서의 문신.

그러나 그 이면의 정신적 고독과 어떤 열망은 그만큼 절실하고 들끓는 것이었다. 그의 독특하고 내밀한 조형 발신發身은 거기서 비롯된 것이다."*

문신은 프랑스로 건너간 후 1965년 임시 귀국 전까지 4년간 추상화 창작에 몰두하며 한편으로 조각에 관심을 가지게 되었다. 귀국 이후에는 홍익대학교에서 강의를 하는 등 작가 활동을 전개하며 유화와 합성수지의 입체 작업을 겸하는 실험과 모색의 과정을 거치며 전열을 가다듬었다. 그러나 국내에서의 활동은 유목적 기질의 그에게 만족을 주지 못했던 것일까. 급기야 그는 다시 1968년 프랑스로 떠나갔다.

문신은 프랑스와 한국을 오가던 시절, 유목적 삶에서 체득한 초월적 세계에 대한 환상을 그대로 작품에 쏟아냈다. 잠시 국내에 머물던 1966년에는 분화구가 나타나는 달 표면을 주제로 「달 표상」이라는 유화 작품을 제작했다. 그의 창조적 염원에 우주계에 대한 집착의 일면이 있었다는 사실은 1970년에 제작한 「우주를 향하여」라는 이름의 조각 작품 시리즈에서도 엿볼 수 있다. 훗날 그가 귀국해 선택한 새로운 재료 스테인리스강에서 공간 확장과 탈공간적 감성이 느껴지는 것도 결코 우연이 아니다. 주변의 풍경이나 풍물을 거울처럼 비추는 스테인리스강조각의 표면은 문신 내면에 흐르는 미래적 가치와 낭만성을 보여준다.

문신의 유목적 기질은 여성 편력에서도 나타난다. 그는 한 여성

* 이구열, 앞의 글.